AF273161

Hendrik Roosdorp

Een Verhaal uit Vroeger Tijd

novum pocket

© 2023 novum publishing

ISBN 978-3-99010-992-2
Geredigeerd door: Ine van Gerwe
Omslagfoto:
Anastasiap83 | Dreamstime.com
Ontwerp omslag, lay-out & typografie:
novum publishing

www.novumpublishing.nl

Climate neutral
Print product
ClimatePartner.com/16547-2201-1002

INHOUD

EEN HARDE WERKER

Lang geleden stond buiten het dorp een molen op de plaats waar nu de jeugd samenkomt op het plein voor de disco.

Ook het bedrijventerrein met zijn kubusvormige high-tech bebouwing was er toen nog niet.

Alleen die mooie, grote molen stond daar te midden van de gele korenvelden. ,Goudgele' korenvelden werden dat toen nog niet genoemd; dat kwam pas later.

De wieken draaiden van 's ochtends vroeg tot 's avonds laat, zes dagen per week, er was altijd bedrijvigheid rond de molen; er was geen rust.

's Zondags wordt er door de oudste inwoners van het dorp nog vaak gesproken over de molenaar en zijn familie. De gasten van het dorpscafé luisteren dan aandachtig naar de bizarre vertellingen.

Maar wie het verhaal ook vertelt: de kern is altijd gelijk.

Vaak worden de molenaar en zijn familie als afschrikwekkend voorbeeld gesteld.

Uitdrukkingen als: „Je lijkt de molenaar wel. Moet je ook een koets?" of „Zal ik je takelen?" worden door de dorpsbewoners als schokkend ervaren.

De hele geschiedenis van de molenaar en zijn familie is een jaar of vijf geleden weer opgerakeld toen men tijdens graafwerkzaamheden voor de bouw van de disco wat overblijfselen van de molen vond.

De vondst van een leeg geldkistje, menselijke botten, wat kledingresten en een verweerd dagboek deden de verhalen in een stroomversnelling komen.

Laatst sprak ik de oude dokter van Maarsen, die de honderd bijna heeft gehaald. Hij beweert dat zijn overgrootvader de molenaar heeft gekend, maar de oude man wordt door niemand geloofd. Daar lijdt hij erg onder.

Hij vertelde mij het verhaal dat hij van zijn opa zo vaak had gehoord. Ik beloofde hem het op te schrijven en het te plaatsen in de lokale krant „De Molenaar" waar ik redacteur van ben. Deze belofte deed de oude man zichtbaar goed.

Hoofdstuk 2

EEN GOED BESTAAN

Het begon allemaal tijdens een warme zomer. „Het koren stond goed en hoog op het land," zoals men zei.

De wieken van de molen draaiden op volle toeren.

Iedere morgen riep de molenaar tegen zijn zoon. „Kom Jan, opstaan het is al vijf uur, de zon staat op de eerste tree en de wind waait voor niets als we niet gauw de rem van de wieken losgooien". Snel stonden ze op.

Meestal was er nog tijd voor een stevig ontbijt met een mok sterke koffie die zijn vrouw altijd klaar had voordat ze naar beneden kwamen.

Na het ontbijt kwamen de eerste wagens met graan al het erf oprijden.

's Ochtends gebracht 's middags gehaald, dat was de regel. Ook gold: „Wie het eerst komt die het eerst maalt." Dit wordt tegenwoordig nog steeds als logisch gezien.

De boeren, die 's middags het meel kwamen halen betaalden altijd contant een kwart zilverling per gemalen zak meel.

's Avonds na het eten telde de molenaar samen met zijn zoon het geld dat zij dan weer verdeelden over diverse potjes. Een voor het huishouden en er was ook een potje voor het onderhoud van de molen.

Dit potje was bijna leeg, want ze hadden veel geld betaald voor een nieuwe hijskraan. Nu konden er meerdere zakken gelijktijdig worden gelost of geladen. Dat was fijn voor de ruggen.

Ook de maalstenen moesten vaak worden vervangen. Dat kostte ieder jaar weer veel geld.

Het potje ‚vervoer' was ook leeg want de vrouw des molens had net een klein koetsje gekocht met bijpassend paardje.

Het was een mooi wagentje, zwart en het laatste model, alles erop en aan. Echt heel sportief.

Ook was er een potje vakantie, dit was nog half vol omdat er alleen kleine korte vakanties gemaakt konden worden.

De mensen werkten hard en hadden alles wat hun harten begeerden.

De vrouw riep vaak: „Zolang de wieken draaien, kunnen we in de potjes graaien." En haar gezellige lach vulde dan de molen van boven naar beneden.

Meestal verliet ze kort daarna de molen en werd dan vrolijk door haar man en zoon nagewuifd. Zij reed dan met haar koetsje naar de stad.

Ook de mensen die zij onderweg tegenkwam, groetten haar vriendelijk en keken haar na hoe zij fier voorbijreed in haar nieuwe karretje.

Zij ging iedere veertien dagen naar de stad. Het eten kocht zij altijd in het dorp, maar voor de meer modieuze zaken ging zij altijd naar de stad.

De winkels waren daar veel luxer en er was ook meer keus. Zij kocht bijvoorbeeld voor haar man een jas, voor zichzelf een jurk nieuwste stijl en voor haar zoon een mooie broek.

Laat in de middag reed zij dan weer terug naar de molen.

In de winter met dichte kap, beschut tegen regen, wind of sneeuw en 's zomers lekker fris met het kapje open.

Iedere zondag naar de kerk; men trok dan de nieuwste kleren aan en liepen dan over het bospad naar de kerk in het dorp.

De dorpelingen keken met open mond naar de vrouw van de molenaar en haar familie.

Wat zagen ze er weer mooi uit. Nog mooier haast dan de vorige keer.

De dorpelingen echter waren niet jaloers.

Zij mochten de familie graag, omdat ze eerlijk waren en erg hard werkten. Ook deden zij veel goeds voor het dorp.

Zij gaven geld voor het kerkkoor, zodat dat ieder jaar met nieuwe jurken en kostuums mee kon doen met de jaarlijkse koorwedstrijden. Die wedstrijden werden vaak gewonnen, alleen al omdat het koor er zo mooi uitzag. Dit beweerden tenminste de boze tongen uit de naburige dorpen, wier koren eruitzagen als een zootje ongeregeld met te krappe jurken en ouderwetse pakken.

Ook de plaatselijke voetbalclub V.V. de Molenwiek kreeg veel geld van de familie.

Na de kerkdienst werd er gevoetbald.

Het team werd door bijna alle dorpelingen gesteund. Bijna alle, want de dokter was faliekant tegen.

Die kon dan na de wedstrijd, wanneer iedereen in het dorpscafé zat, mopperend, tot laat in de avond alle kwetsuren behandelen.

Deze dokter zou de overgrootvader moeten zijn van dokter Van Maarsen. Door het geld van de familie kon de club de beste spelers van de streek aantrekken.

Er werd dan ook vaak gewonnen; iets wat dus ook door de andere dorpen in de buurt niet werd gewaardeerd. De molenaar zat altijd midden op de tribune. Hij had daar als enige een eigen stoel.

Hij bemoeide zich altijd met het spel en door zijn gedrag waren al vele trainers en spelers gekomen en weer gegaan.

Maar wat is er nu zo verkeerd aan? Waarom praatten de mensen nu nog over de molenaar en zijn gezin? Tot nu toe lijkt in het verhaal alles goed te gaan. Behalve dan misschien het zich bemoeien met het voetballen.

Dat is toch geen reden voor al die dramatische verhalen??

Nee, er is meer gebeurd.

Hoofdstuk 3

DE OMMEKEER

De molenaar van het naburige dorp werd ziek. Ook een hardwerkende familie die eveneens het plaatselijke koor en voetbalteam steunde, echter met minder geld, wat dan ook duidelijk in de resultaten zichtbaar was.

Door de ziekte van deze naburige molenaar kreeg onze held het erg druk. Door de drukte waren er klanten die veel geld wilden betalen om voorrang te krijgen bij het malen.

Op een ochtend, toen al twee wagens met graan waren gelost, kwam een rijke boer uit het naburige dorp met graan voor zeker veertig zakken meel aangereden.

„Hei molenaar, ik heb haast, ik wil gelijk gemalen worden," sprak de boer. „Ik heb daar veel geld voor over".

Tegelijk duwde hij de verbaasde molenaar een gouden dukaat in zijn hand.

De molenaar keek met open mond naar de munt. Een goudstuk, dat had hij nog nooit gezien. Lang staarde hij naar de munt in zijn geopende hand.

Een zonnestraal viel op het goudstuk en verblindde de molenaar. Hij zag alleen maar sterretjes en wreef de tranen uit zijn ogen. Wat was dit mooi. Zoiets moois had hij nog nooit gezien.

Achteraf gezien kan men zeggen dat de molenaar werd verblind door het geld.

Vanaf dat moment ging dan ook alles fout.

Van deze geldstukken wilde hij er meer hebben. Een pot, een kist, een molen vol.

Snel laadde hij met zijn zoon en met behulp van de nieuwe kraan de zakken uit en al spoedig maalden de stenen ook dit graan tot meel.

Zijn regel „Wie het eerst komt die het eerst maalt" gold plots niet meer.

's Avonds na de koffie bekeek hij het geldstuk bij het licht van de walmende olielamp.

„Wil je de lamp wat lager draaien? Het stinkt zo, ik krijg hier hoofdpijn van," vroeg zijn vrouw, die in de andere kamer haar nieuwe jurk stond te passen, vriendelijk.

„Nee, je ziet toch dat ik bezig ben, zeur niet, vrouw," snauwde hij.

Verbaasd keek zij naar haar man en dacht:

„Het zal wel door de drukte komen, misschien moeten we een dagje naar het strand, daar zal hij van opknappen," en ze draaide nog eens rond voor de spiegel.

De volgende dag leegde de molenaar alle potjes. Er was net genoeg voor een goudstuk. Zodra hij kon, zou hij de zilverlingen bij de bank gaan wisselen.

Dan had hij er al twee, nog niet genoeg, maar het begin was er.

Hij zou wat harder gaan werken en misschien, als ze wat geld konden uitsparen, zou hij in twee maanden zijn derde goudstuk hebben.

Die dagen stond er in de kranten dat er problemen waren met het buurland.

De koning van het land van de molenaar, een norse, oude baas, maakte aanspraak op de rijke kopermijnen van het buurland. De kranten berichtten van troepen-verplaatsingen en de mogelijke kans op een uitbraak van oorlog. Er moest rekening gehouden worden met een algehele mobilisatie. Alle mannen tussen de twintig en veertig konden worden opgeroepen.

De kranten van het buurland meldden, dat de norse oude koning moeilijkheden had met zijn knappe dochter die door haar schoonheid grote problemen veroorzaakte. Uiteraard werd hier door de mensen smakelijk om gelachen.

De molenaar echter lachte totaal niet en vond dat de oorlogsdreiging een reden was om nog meer goud te verzamelen.

De contacten met de voetbalvereniging en het koor werden verbroken. Zo werd nog meer uitgespaard. Boos reageerden de mensen in het dorp, maar daar gaf hij niets om; hij kwam daar toch niet meer.

Zijn vrouw klaagde dat de potjes leeg waren.

Er was geen geld meer om het paardje te verzorgen.

Ook konden er geen nieuwe kleren worden gekocht.

De oude kleren werden gerepareerd, er werden lapjes op de knieën gezet.

Gescheurde klompen werden gerepareerd met ijzeren banden, zodat ze nog lang meekonden. In het dorp gonsde het van de geruchten, de gekste verhalen werden er verteld.

Maar niemand wist de echte oorzaak van deze voor velen ernstige zaak.

Op een dag had de molenaar zelfs het paardje verkocht. Dat bespaarde veel geld op jaarbasis. Spoedig kon hij weer naar de bank om te wisselen. Hij bewaarde zijn goudstukken in een geldkist die hij in de kelder van de molen tussen de funderingsbalken had verstopt.

Niemand wist hiervan.

Zijn vrouw was al maanden niet in de stad geweest. Zonder de koets was dat te ver en ook haar kledingpotje was al maandenlang leeg.

Wel ging zij regelmatig naar het dorp voor de dagelijkse boodschappen, maar de maaltijden werden ook minder. Er werd een goedkopere slager gezocht en bij de bakker werd naar het brood gevraagd dat van de vorige dag was overgebleven. De groente kwam uit eigen tuin.

Als zij naar het dorp ging, moest zij vaak te voet. Soms kon zij meerijden met de boeren die graan gebracht of meel gehaald hadden, maar vaak moest zij terug lopen.

Op een koude dag in november werd zij op de terugweg overvallen door een hevige regenbui. Zij was net ter hoogte van het heideveld en kon nergens schuilen. Doorweekt en bibberend kwam zij in de molen aan.

Na de afwas gingen zij vroeg naar bed, de molenaar was moe en zijn vrouw voelde zich niet lekker, zij had koorts en haar hoest bulderde door de nacht.

„Stil toch, vrouw, zo kan ik niet slapen. Ik moet morgen vroeg op, want het wordt weer erg druk," mopperde de molenaar.

De volgende nacht verliep op dezelfde wijze: koorts, hevig hoesten en gemopper. „Wil je de dokter waarschuwen? Ik ben erg ziek," vroeg ze de derde nacht.

„Wat kost dat wel niet," sprak hij. „We zien morgen wel, dan gaat het vast beter."

„Minstens vijf zilverlingen op dit uur van de nacht," dacht hij. „Overdag is het de halve prijs. We zullen nog even wachten."

Het hoesten en proesten werd langzaam minder en spoedig viel de molenaar in slaap. Morgen werd het weer een drukke dag.

„Nog even en hij kon zijn vierde goudstuk in zijn geldkist opbergen," dacht hij nog vlak voordat hij in slaap viel.

De volgende morgen werd hij te laat wakker omdat hij niet gewekt werd door de geur van de verse koffie, die iedere morgen vanuit de keuken omhoog kringelde.

Hij keek op de wekker en draaide zich kwaad om naar zijn vrouw. „Waarom ..." begon hij. Maar zijn stem stokte toen hij zijn vrouw met open mond en ogen zo groot als schoteltjes naar het plafond zag staren.

Het zo warme koortslichaam, dat hij de laatste dagen was gewend, voelde nu koud aan.

„Wat nu," dacht hij. „Spoedig zullen de eerste wagens komen, wat moet ik doen?" Hij dacht even na en toen gooide hij een deken over zijn vrouw en spoedde zich naar de keuken om voor het ontbijt te zorgen en zijn zoon wakker te maken. „Je moeder is naar oma gegaan," sprak de molenaar tegen zijn zoon. „Oma voelde zich niet lekker, je moeder vroeg mij nog jou de groeten te doen en goed voor je te zorgen. Ze kon gisteravond laat met de dokter meerijden. Die moest bij een patiënt zijn die vlakbij oma woont. Ze zou wel een tijdje wegblijven, zei ze."

Een betere smoes kon de molenaar zo gauw niet bedenken.

De zoon dacht: „Wat gek, ik heb niemand weg horen gaan. Maar goed, Oma woonde alleen en ver weg en ze kwakkelde de laatste tijd ook wat met haar gezondheid."

Hij hoopte dat ze gauw beter zou worden, dan was moeder ook weer snel thuis. Zwijgend aten zij hun ontbijt, de eerste wagens met graan waren al onderweg.

Hoofdstuk 4

EEN NARE KLUS

Ze moesten hard werken die dag, er was veel te doen. De laatste wagen vertrok toen de zon al op de laatste tree stond.

Na het avondeten viel de zoon vermoeid op de bank in de keuken in een diepe slaap.

De molenaar wachtte nog even en sloop naar boven. Hij opende voorzichtig de slaapkamerdeur en schuifelde naar binnen. Het zwakke schijnsel van de kaars in zijn hand wierp dansende schaduwen op de muur.

Langzaam trok hij de deken van zijn vrouw, zij lag nog in dezelfde houding als vanmorgen. Een koude rilling liep over zijn rug toen hij dacht wat hij allemaal nog moest doen. Hij kon de dokter nog laten komen, dan zou alles nog worden geregeld, maar wat moest hij dan tegen Jan zeggen?? Hij kon niet meer terug en dit was ook de goedkoopste oplossing.

Dat laatste gaf de doorslag. Hij vermande zich, haalde diep adem, wikkelde zijn vrouw in een paar dekens en bond alles vast met een touw dat hij van beneden had meegenomen.

Hij liep naar de gang en luisterde of alles nog stil was beneden.

Ingespannen stond hij daar enige minuten en het enige wat hij hoorde was zijn eigen gejaagde adem en hartslag alsof hij een zak meel van 50 kilo drie trappen had opgedragen.

Vroeger deed hij dat ook, maar nu kwam de nieuwe takel goed van pas.

De laad- en losplaats was precies onder het raam van de slaapkamer en het raam van de keuken, die een verdieping lager was.

's Avonds toen het werk gedaan was, had hij de haak van de kraan precies voor het slaapkamerraam gehangen.

Hij liep de slaapkamer weer binnen en opende het raam.

Een koude wind joeg naar binnen en blies de kaars uit. Dat gaf niet, want hij wilde toch niet zien wat hij allemaal deed. Hij liep naar het bed en pakte zijn vrouw op, ze was zwaarder dan hij dacht en snel droop het zweet van zijn gezicht. Eindelijk had hij haar voorover door het open raam over de vensterbank gelegd en bevestigde de haak aan de touwen die om de dekens waren gebonden. Toen duwde hij het hele pakket het raam uit.

Het pakket hing wiegend aan het touw.

Boven kraakte de balk van de takel, maar dat zou niemand horen.

Hij sloot het raam en liep de gang op en de trap af. Bij de keuken luisterde hij aan de deur. Hij hoorde niets, alles was rustig.

Jan lag waarschijnlijk nog op de bank te slapen.

De molenaar ging verder en weldra stond hij buiten, nat van het zweet en in de koude wind.

„Ik moet uitkijken, want zo word ik ook ziek, dan kan het gauw gebeurd zijn," dacht hij uit ervaring en hij keek omhoog naar het pakket, dat zacht schommelde in de wind.

Hij pinkte een traan weg en begon langzaam het touw te vieren.

Het pakket was het keukenraam al voorbij en even later lag het op het karretje waarmee de zakken meel werden vervoerd.

Hij duwde het karretje tot achter in de tuin waar hij een schop al had klaargelegd en begon te graven.

Dat viel tegen en halverwege de klus ging hij de molen binnen om te horen of alles nog stil was.

Na een paar uur zwoegen was alles geklaard.

Hij had de mooiste jurken, kledingstukken en een koffer naast het pakket in de kuil gelegd. Dit om zijn verhaal geloofwaardig te doen overkomen.

Terug in de molen maakte hij Jan wakker. „Je moet naar bed, jongen, morgen weer vroeg op."

Het werd echt een zware dag, niet alleen voor Jan, die was uitgerust en gewend was aan het zware werk. Maar de molenaar had wroeging, hij dacht: „Had ik de dokter maar laten komen, dan had zij nu nog geleefd. Het wordt nu toch wel moeilijk om alles samen met Jan te regelen."

Na een dag van hard werken stond hij in de keuken onhandig het eten klaar te maken. Zwijgend aten zij de maaltijd en beiden lieten meer dan de helft staan; het was niet echt lekker.

Jan vroeg nog wel naar zijn moeder, maar de molenaar ontweek deze vragen of gaf ontwijkende antwoorden.

Hoofdstuk 5

EEN TRIEST EINDE

Een paar weken later, op een warme zomerochtend, bracht de postbode een aangetekende brief.

De molenaar tekende voor ontvangst en gooide hem ongeopend op de keukentafel.

Het was te druk om er nu naar te kijken, hij moest naar het dorp om de verdiende zilverlingen te wisselen voor een gouden munt.

Hij had al een hele kist vol gouden munten, maar hij moest er nog meer hebben want de oorlog zou spoedig uitbreken en dan was goud het beste betaalmiddel, dacht hij.

Maar zij waren de brief vergeten, en een week later, 's ochtends om vier uur kwam de militaire politie. Geboeid werd Jan afgevoerd. Hij had zich de vorige week moeten melden in de legerplaats. De koning zou spoedig de oorlog aan het buurland verklaren, zo verwachtte men. Alle jonge mannen werden opgeroepen voor de militaire dienst.

De molenaar was nu helemaal alleen en kon al het werk niet meer aan.

Hij had nog wel door middel van een advertentie om een nieuwe medewerker gevraagd, maar er was geen enkele reactie op gekomen.

Alle mannen waren naar het front.

Alleen bleef hij achter, iedere dag ging hij naar het graf van zijn vrouw en harkte de grond wat aan. Graag had hij er wat bloemen neer gezet, maar dat kon niet, dat zou misschien te veel opvallen.

Zijn klanten raakte hij langzaam kwijt, omdat hij niet aan de levertijd kon voldoen.

Anderen namen het graag over en lachten in hun vuistje, omdat het nu eindelijk eens slecht ging met de molenaar en zijn familie. Nu hadden zij weer een kans.

De wieken draaiden niet meer voluit, hooguit twee uur per dag en dat alles voor een paar simpele zakken graan van een paar trouwe klanten, dat was alles. De dorpelingen zeiden dat de wieken achteruit draaiden, er werd hard om gelachen.

Vaak was de molenaar te vinden in het dorpscafé, hij zat daar dan van 's middags tot diep in de nacht, gaf rondjes en betaalde voor iedereen. Hij was een graag geziene klant.

Diep in de nacht kwam hij dan in de molen, dronk nog wat en viel over een paar zakken meel in slaap. De volgende dag moesten de paar trouwe klanten die hij nog had hem wakker maken om het graan dat geleverd was te malen.

Op een ochtend, de zon stond al op de tweede tree, ontving de molenaar een brief van het ministerie van Defensie. In gewichtige taal werd gemeld dat zijn zoon gevangen was genomen door de vijand en vanwege sabotage door een vijandig tribunaal ter dood was veroordeeld. De terechtstelling zou spoedig plaatsvinden.

De brief werd verfrommeld in een hoek gegooid. De molenaar dacht aan vroeger, toen ze allemaal nog zo gelukkig waren.

Een hevige storm, voorspeld door enige dorpelingen, brak los. Het zou noodweer worden, met regen, storm en onweer.

In het dorp had ieder zijn maatregelen genomen, het vee was binnen en de luiken waren gesloten. Angstig wachtte men het onheil af, men was niet vergeten dat vijf jaar geleden, tijdens een noodweer, het halve dorp was verwoest.

De molenaar wist echter van niets en werd wakker toen het al te laat was. De storm bulderde toen al om de molen.

De wieken waren niet verankerd en draaiden hard. Het zeildoek wapperde gescheurd in de wind, de molen kraakte door het natuurgeweld en kon ieder moment bezwijken. De molenstenen maalden, de vonken vlogen er vanaf. Langzaam kwam de molenaar tot zijn positieven en wankelde naar de kelder, waar tussen de funderingsbalken het goud was verstopt. Met zijn geldkist, gevuld met gouden munten, liep hij naar boven waar de molenstenen door het stormgeweld ronddraaiend te keer gingen.

Munt voor munt legde hij zijn zuurverdiende geld op de maalstenen, het goud werd geheel verpulverd tot stof.

Als razende draaiden de wieken voort, bliksemschichten vlogen door de donkere hemel en verlichtten de molen. Het was een onheilspellend gezicht.

De wind blies het stofgoud door de kapotgewaaide ramen naar buiten en verspreidde het over de korenvelden rond de molen. De molenaar had de laatste munt op de maalstenen gelegd. Languit viel hij daarna op een stapel lege zakken in slaap. Het kon hem allemaal niets meer schelen.

De houten as van de maalstenen raakte oververhit en begon te roken. De molenaar merkte niets. Kleine vlammetjes ontstonden op het droge hout. Aangewakkerd door de wind verspreidde het vuur zich snel en weldra stond de hele molen in vuur en vlam.

Na een paar uur was er niets meer over van de mooie molen.

Een dorpeling zou later nog verklaren dat hij die avond tussen tien en twaalf uur een oranje gloed aan de horizon had gezien. Hij had er verder geen aandacht aan geschonken, hij dacht dat door de bliksem een stukje bos in brand was gevlogen. Dat was wel vaker gebeurd na zo'n droge periode. Van de molenaar werd ook niets meer vernomen, men vermoedde dat hij tijdens de brand was omgekomen.

Na een paar jaar was iedereen alles weer vergeten, alleen in het dorpscafé werd de geschiedenis nog weleens besproken. Het verhaal ging dat zijn vrouw die avond tijdens het noodweer was thuisgekomen en gehoord had dat haar zoon ter dood was veroordeeld. Zij is toen geheel van de kaart gegaan en heeft de molen in brand gestoken.

Beiden zijn hierbij om het leven gekomen. Een triest verhaal, zo vond men in het dorpscafé. Om de stemming wat op te vrolijken werd dan weer gauw een ander onderwerp gekozen.

Jan had de oorlog wonderbaarlijk overleefd. Op de dag van zijn terechtstelling werd de vrede getekend. De garnizoenscommandant heeft nog getwijfeld of hij deze saboteur toch nog door het vuurpeloton moest laten terechtstellen. „Het had nog net gekund," dacht hij. Maar hij liet hem toch maar gaan, dan kon hij vandaag vroeg naar huis naar zijn vrouw en kinderen, die had hij door de oorlog al lang niet meer gezien. Jan sprong in de lucht van blijdschap, dit had hij nooit verwacht. Morgen zou hij weer thuis zijn. Zou moeder er ook alweer zijn?? Snel pakte hij zijn spullen, bedankte iedereen voor de gezelligheid en liep vrolijk lachend de kazernepoort uit. De garnizoenscommandant zag Jan vanuit zijn kamer de poort uitlopen. „Wat heeft ie eigenlijk gedaan," vroeg hij aan een sergeant met een grote, puntige knevel en een krijgshaftig uiterlijk die naast hem stond.

„Deze krijgsgevangene heeft in de laarzenfabriek alle laarzen voorzien van te lange spijkers in de zool zodat de hele compagnie na enige weken tijdens een mars met bebloede voeten uitviel. „Een schandelijke daad," voegde hij er nog aan toe: „Hij heeft echter altijd alles ontkend en gezegd, dat het de oorzaak was van de slechte instructies die hij van ons had gekregen."

„Dat had ik ook gedaan," dacht de commandant. „Als ik krijgsgevangen was genomen en ik de gelegenheid had." Hij herinnerde zich het voorval nog en moest er bijna om lachen. „Kom sergeant, we gaan vroeg naar huis," sprak de commandant, „de oorlog is afgelopen en vanavond is er feest. Morgen zien we wel verder." Samen liepen zij de poort uit. Jan was geschokt toen hij de volgende dag na een vermoeiende en lange reis de resten van de molen zag. Hoe was het mogelijk, wat was er gebeurd? In het dorpscafé vertelde men hem de hele trieste geschiedenis. Maar hij hoorde ook van anderen dat men het eigenlijk niet zo erg vond dat de hebberige molenaar er niet meer was. Bedroefd verliet hij die avond nog het dorp en stapte op de trein terug naar het buurland, waar de mensen wel vriendelijk waren, zoals hij de laatste maanden had gemerkt. Daar wilde hij een nieuwe toekomst opbouwen. Hij wilde schoenmaker worden; het vak dat hij in de oorlog had geleerd.

Hoofdstuk 6

OORLOGSDREIGING

Twee broers woonden in een boerderijtje aan de rand van het bos.

Het was een mooi boerderijtje met witte muren en een strooien dak.

Er was een weide, een moestuin en ook het stuk bos achter de boerderij was eigendom van de twee broers.

Op vijftienjarige leeftijd hadden de tweeling Knut en Hamar hun ouders verloren tijdens een dramatisch postkoetsongeluk, nu alweer tien jaar geleden.

Sinds die tijd werkten de twee broers hard op de boerderij die ooit van hun ouders was en alles zag er goed verzorgd uit: de moestuin zorgde voor de groente, het bos voor het hout en de koe voor de benodigde melk. Ook hadden ze nog een paar kippetjes en een haan en een oude merrie. Al met al konden ze goed voor zichzelf zorgen en hadden melk, groente en eieren over. Iedere week gingen zij op dinsdag naar het dorp, dan was er markt en werden de overtollige zaken verkocht.

Vroeg in de ochtend spanden zij de oude merrie voor de kar en reden met zonsopgang naar het dorp. 's Avonds als de markt gesloten was bleven de broers in het dorpscafé nog wat napraten over het weer, de oogst en de gespannen situatie met het buurland aan de grens.

Het buurland werd geregeerd door een norse, oude koning, die het voorzien had op de rijke kopermijnen in het noorden van het land van Knut en Hamar.

De meeste mensen in het dorp dachten dat alles wel mee zou vallen en dat er een politieke oplossing zou worden gevonden. Maar enkele pessimistische dorpelingen voorspelden oorlog. Wanneer deze voorspellingen werden gedaan werd het stil in het dorpscafé, naarstig werd dan naar een ander onderwerp gezocht en vrolijk werd de conversatie hervat.

Voldaan reed de tweeling na sluitingstijd weer naar huis met de lege kar. Gauw naar bed want morgen was het weer een drukke dag.

Ze hadden het zo druk met hun werk dat er geen tijd was voor de meisjes.

Een keer had Hamar een vriendinnetje, maar dat voelde niets voor het boerenleven en is later getrouwd met een jongen uit de stad.

Dit tot grote tevredenheid van Knut, want die kon het werk op de boerderij alleen niet aan.

Zo werkten die twee maar door, waren best gelukkig, maar misten toch het avontuur.

Op een warme dag – ze zaten net met de ruggen tegen een boom in de schaduw uit te rusten van het werk in de moestuin – zagen zij in de verte de postbode op de fiets aankomen.

„Vreemd," zei Knut, „daar komt Hassan de postbode. Normaal krijgen wij nooit post. Ja, eenmaal per jaar een brief van de belastingdienst, maar die hebben we een paar maanden geleden al gehad."

Met een rood bezweet gezicht kwam Hassan even later door het hek van de moestuin.

Het was warm en de laatste vijfhonderd meter naar de boerderij waren hellend.

Hijgend sprak de postbode: „Hier, voor jullie ieder een brief. Ik moet deze vandaag voor twaalf uur aan jullie overhandigen en hier moeten jullie tekenen voor ontvangst."

Hij hield de tweeling een stuk papier voor en gaf een anilinepotlood. De verbaasde tweeling tekende, de postbode groette en vervolgde zijn weg; hij moest nog meer brieven voor twaalf uur afleveren.

Haastig scheurden Knut en Hamar de enveloppen open en lazen de inhoud van de brief.

„In verband met de gespannen situatie aan de grens wordt U met ingang van ..."

„We worden opgeroepen voor de militaire dienst," stamelde Knut „over drie dagen moeten wij ons melden in de legerplaats in het noorden van het land."

Geschrokken keken zij elkaar aan. De postbode was alweer op de terugweg en genoot van de hoge snelheid die hij nu met zijn fiets kon halen. De tweeling had voor hem echter geen oog meer.

„Wat moeten we doen, wie zorgt er voor de boerderij?" Verslagen zaten zij zo enige tijd tegen de boom met de brief in hun hand.

„Het lijkt mij toch wel spannend," zei Knut na enige tijd, „Eindelijk wat spanning en avontuur."

„Maar de boerderij dan?" vroeg Hamar: „Wie zorgt er voor de dieren en de moestuin?"

Zwijgend dachten zij na. Toen had Knut een idee. Hun neef in het dorp had geen werk en zou dolgraag met zijn vrouw het werk op de boerderij voor enige tijd willen overnemen. Zijn schoonouders waren ook boeren hier vlak in de buurt.

Ze besloten het paard in te spannen en 's avonds na het eten hun neef in het dorp te bezoeken.

Die dag werkten zij nog in de moestuin, maar waren met hun gedachten niet bij het werk. Vroeg stopten zij met werken en snel aten zij hun maaltijd: gestampte andijvie met spek. Even later gingen zij op weg, de oude merrie stapte nog vlot richting dorp. Alleen vond zij het tijdstip van deze reis wat vreemd.

Spoedig zagen zij de eerste houten huizen van het dorp, bij het huis van de dokter sloegen zij linksaf richting station. Voor het station links, in een smalle steeg, daar woonde Per Ivan, de neef van de broers. Hamar sprong als eerste van de bok en klopte op de houten deur die even later krakend open ging. Verbaasd keek Per Ivan zijn neven aan.

„Wat doen jullie hier op dit uur? Is er wat gebeurd?"

„Nee Per, alles is goed. We willen je alleen om een gunst vragen." Per nodigde zijn neven vriendelijk binnen. In de sobere, maar gezellige huiskamer zat zijn vrouw Inge bij de open haard een versleten broek te verstellen.

Vriendelijk groette zij de twee broers en stond op om koffie te gaan zetten.

Even later zaten zij met een lekkere kop koffie aan de ronde houten tafel bij het raam.

Hamar nam het woord en vertelde van de brieven die zij die dag hadden gekregen. Ook vertelde hij van het plan om Per en Inge te vragen op de boerderij en de dieren te passen tijdens hun afwezigheid.

Aandachtig luisterden Per en Inge naar het verhaal en keken na afloop elkaar aan, lachten en knikten: „Ja, ja, dit willen wij graag doen."

Per Ivan was al enige jaren geleden afgekeurd voor militaire dienst. Hij zou dus geen oproep krijgen.

Per en Inge besloten die avond nog mee te rijden naar de boerderij, dan konden zij in de twee resterende dagen worden ingewerkt. Ook konden zij dan de twee broers naar het station brengen op de dag dat zij zich moesten melden in de legerplaats.

Nu alles zo goed geregeld was, vonden zij het idee om soldaat te worden best spannend. Alhoewel de dreiging van een oorlog met het buurland hen toch ook weer bang maakte.

Maar Per Ivan had hen gerustgesteld en gezegd dat het zo'n vaart niet zou lopen. Het was wel vaker voorgekomen dat de oude koning van het buurland agressief gedrag vertoonde, maar na enig heen en weer gepraat door de ministers van beide landen werd de rel weer gesust.

De dag brak aan, dat zij moesten vertrekken, ze zouden met de trein naar het noorden van het land gaan, naar de garnizoensplaats waar zij zich moesten melden.

In de brief die zij hadden ontvangen, zat voor ieder een treinkaartje enkele reis tweede klas.

Per Ivan had het paard al ingespannen en de broers hadden ieder een koffer met kleding en andere persoonlijke bezittingen in de kar gelegd. Even later vertrok het drietal, uitgewuifd door Inge, richting station.

De reis duurde een half uur over een weg die zij al zo vaak hadden gereden. Maar toch was het vreemd dat alles er zo anders uitzag, het leek wel of ze voor de eerste keer hier reden.

Bij het station was het een drukte van belang, kennelijk hadden meerdere mannen uit de omgeving de brief ontvangen. Hassan had moeten overwerken.

Vriendelijk nam de tweeling afscheid van Per Ivan die hun beloofde goed voor alles te zorgen. Zij keken hem nog na tot hij met de kar om de hoek verdween. Zij hadden er alle vertrouwen in, dat hun boerderij en de dieren in goede handen waren.

Het kon niet beter.

Hoofdstuk 7

PARAAT

Met een gerust gevoel liepen zij naar het perron. De trein stond er al en de grote, zwarte locomotief blies sissend witte stoomwolken in de lucht. Het was druk op het perron en snel zochten de broers een plaats tegenover elkaar in een lege coupé.

De reis zou ongeveer tien uur duren en ging door de hoogvlakte en door de bergen naar het noorden; het moest een mooie reis zijn, hadden kennissen gezegd. Knut en Hamar genoten al bij voorbaat; het was de tweede treinreis van hun leven.

Puffend en sissend kwam de trein in beweging en reed langzaam het station uit.

Knut en Hamar keken hun ogen uit. Zij herkenden de straten en gebouwen van het dorp en luid wezen zij elkaar op de herkende punten. De trein was op tijd en stoomde lekker door. Spoedig waren er voor Knut en Hamar geen bekende punten meer te zien.

Inge was die ochtend vroeg opgestaan en had het ontbijt klaargemaakt. Ook had zij voor de broers een lekkere stevige lunch voor onderweg meegegeven. In hun metalen trommeltjes zaten de verse boterhammen met kaas en eieren en in hun veldfles zat melk van Marguerite, hun enige koe. Lekker vers, vanmorgen was ze nog gemolken.

Om twaalf uur hadden zij alles al op en genoten ze van het uitzicht. In de verte, achter de bergen, lag de garnizoensplaats. Zij hadden zin in het avontuur.

Zij werden wakker toen de trein begon te remmen. Dat ging gepaard met een hels gepiep. Ze rekten zich uit en keken elkaar aan. Zouden ze er al zijn?? Dan hadden ze lang geslapen. Hamar keek op zijn zakhorloge. Ja, het is vier uur, dit moet het station van de garnizoensplaats zijn.

Ze stapten uit en sleurden hun grote koffers over het perron, het was er druk met ,aankomende' soldaten.

Door de hal liepen ze naar buiten, voor het station was een plein, aan de rechterzijde was een lange muur waarop de letters A, B en C op afstand van elkaar waren geplakt.

,C' stond er in hun brief, daar moesten zij zich melden. Hun koffers werden op een houten kar gelegd, het paard voor de kar stond smakelijk te eten uit een zak haver.

De broers keken goedkeurend naar het tafereel; er werd goed voor de dieren gezorgd, dat sprak hen wel aan.

Onder de letter C stonden al een paar mannen, ze stonden rustig te praten en sommigen hadden er een sigaret of pijpje bij opgestoken.

De broers gingen tussen het groepje staan en hadden direct contact.

„Waar komen jullie vandaan?" vroeg een lange slungel met een vreemd accent.

„Wij komen helemaal uit het zuiden," sprak Knut „Wij zijn zojuist met de trein aangekomen."

„Ik sta hier al drie uur," sprak de slungel, die door het lange wachten duidelijk om een praatje verlegen was.

„Gelukkig is het goed weer. Stel je voor dat het hard zou vriezen," opperde een ander. „Of regenen," meldde iemand, die ook een duit in het zakje wilde doen.

De gezellige conversatie ging zo nog een tijdje door en de groep mannen onder C groeide gestaag, want er was zojuist weer een trein aangekomen.

Een militair met een krijgshaftig uiterlijk en een grote puntige knevel was voor de groep gaan staan en schreeuwde letterlijk om aandacht.

Ze moesten naast elkaar in de rij gaan staan, vijf rijen dik op armlengte van elkaar. Dit had heel wat voeten in de aarde en de militair schreeuwde: „Nietsnutten!! Stelletje sukkels!! Opschieten, anders doen we het vannacht nog een paar keer over."

Zwijgend deden de mannen hun best, hun voeten schuifelend over de keien.

Na enige tijd stond de hele groep op z'n plaats. Kennelijk naar de zin van de militair want hij schreeuwde nu iets vriendelijker: „We marcheren zo meteen achter de wagen aan naar de kazerne. We lopen in de maat en koppen dicht. Ik wil alleen het gestamp van jullie schoenen horen. Begrepen? ... Begrepen?"

„Ja, meneer." stamelde de groep.

„IK BEN SERGEANT!!" brulde hij en wees driftig met zijn vinger op zijn schouder, waarop wat tekens zaten die niemand herkende.

Knut wilde nog wat vragen en stak zijn vinger op. De sergeant keek hem verwoestend aan. „Sergeant," sprak Knut: „Kunt u al iets zeggen over wanneer en wat we te eten krijgen? We hebben een nogal lange r ..." Verder kwam Knut niet. De sergeant bulderde vervaarlijk. Wat hij precies zei, kon niemand goed verstaan, maar hij liep paarsrood aan en zijn aderen in de nek zwollen gevaarlijk op.

„Trek het je niet aan," sprak Hamar zacht toen de sergeant was uitgetierd. „Dit is onze eerste ontmoeting, hij kent ons nog niet, hij moet nog aan ons wennen."

„Koppen dicht!!" galmde het over het plein.

Even later sjokte de groep achter de kar met de koffers aan naar de kazerne.

„Links, rechts, links, rechts," klonk het en na een kwartiertje liep iedereen redelijk in de maat.

Het zo goed begonnen avontuur had door de wat onverwachte ontvangst toch een deukje opgelopen.

Knut en Hamar moesten in de weken die volgden wel aan het militaire leven wennen. Vroeg opstaan waren zij gewend, maar dat drillen, daar hadden ze wel moeite mee. Ze liepen lange marsen, ze oefenden in het schieten en overleven in het woud. En ook deden zij veel aan vechtsporten, dat alles vonden zij wel leuk en ze deden goed hun best.

Het eten in de kazerne was redelijk. De broodmaaltijd 's ochtends was geen probleem, maar het warme eten 's avonds werd met grote lepels op de metalen borden met vakverdeling gesmeten; de spetters vlogen in het rond, de vla ging door de jus.

Na acht weken trainen waren ze vanuit het niets tot soldaat gepromoveerd en mochten nu het land gaan verdedigen tegen de steeds brutalere toon en daden van de koning van het buurland. Er werden bij de grens al schermutselingen gemeld.

Kleine groepjes vijandige soldaten trokken de grens over en vernielden telefoon- en elektriciteitskabels.

Er waren ook al wat krijgsgevangenen gemaakt, een stuk of tien waren op de kazerne gevangengezet.

De broers waren regelmatig aan de beurt om ze te bewaken.

Er was een aardige vent bij, een grote sterke knul. Hij zat al vier maanden gevangen en was zo sterk geworden door het sjouwen van zakken meel. Zijn vader was molenaar. Hij vertelde graag over zijn familie en was benieuwd hoe het nu met z'n moeder ging, die was voor zijn vertrek naar z'n zieke oma gegaan. Hij had haar niet meer gezien omdat hij zich moest melden voor de militaire dienst. Zijn vader deed wat vreemd zo vlak voor zijn vertrek; hij ontweek alle vragen over oma en moeder.

De molenaarszoon werd dan even stil en keek peinzend voor zich uit om na enige seconden weer verder te gaan.

„Het zal wel door de drukte komen," zei hij dan: „Pa had veel werk, we konden het samen maar net aan, maar nu staat hij er alleen voor," besloot hij dan. Hij had dit verhaal al vele malen verteld. Knut en Hamar luisterden aandachtig uit beleefdheid, omdat het zo zielig klonk.

Overdag werden de krijgsgevangenen in het dorp te werk gesteld. Onder bewaking ging men dan iedere morgen vroeg marcherend naar de schoenfabriek die zo'n drie kilometer van de kazerne lag. In de schoenfabriek werden de laarzen voor de militairen gemaakt, mooie zwarte leren laarzen met stevige leren zolen. Knut en Hamar hadden er ook ieder een paar gekregen.

De molenaarszoon had les gekregen in het schoenmaken en moest de leren laars over een houten mal trekken en dan de stevige zool erop spijkeren, dat ging zo de hele dag door.

De broers zaten dan op een stoel bij de deur de wacht te houden en vielen om beurten in slaap.

's Avonds na het werk werden alle gevangenen gefouilleerd, want men werkte immers met allerhande gereedschappen die mogelijk bij een vluchtpoging gebruikt konden worden. Hierna marcheerden ze weer terug naar de kazerne, waar het avondeten op hen wachtte.

Alle soldaten in de kazerne waren gelijktijdig opgekomen De lange marsen werden altijd met de pelotons A, B en C uitgevoerd. Men liep dan vaak 25 of 30 kilometer zonder eten of drinken.

„Hier werd je hard van," zei de sergeant en hij had nog gelijk ook, want het waren allemaal goede soldaten geworden. Misschien was daarom het contact met de sergeant een stuk verbeterd.

Op een warme dag was weer een lange mars gepland. Dit was de afsluiting van de opleiding en daarom erg zwaar. Veertig kilometer werd er gefluisterd, maar de stemming zat er goed in.

Ze stonden aangetreden op de appelplaats en na de telling en de nodige instructies zette de groep zich na commando in beweging en marcheerde vrolijk de kazerne af.

„Het was een mooi gezicht," vond de sergeant, 150 militairen zingend en gelijk marcherend. „Deze groep is inzetbaar voor alle taken aan het front. Ik heb dit toch maar weer mooi voor elkaar gekregen," dacht hij trots.

Na enige uren werd het zingen toch wat minder. Met grote zakdoeken werden de bezwete hoofden afgeveegd, maar niemand klaagde. Ze waren goed getraind.

Na vijftien kilometer kwam de eerste klacht: „Ik kan niet meer, m'n voeten doen zo'n pijn," klonk het uit de eerste rij. Steeds meer soldaten begonnen te klagen, en allemaal hadden zij last van hun voeten. De sergeant probeerde nog met wat gebrul de orde te herstellen, maar er was geen houden meer aan. De groep strompelde al klagend over de weg, totdat een soldaat het niet meer uithield, in de berm ging zitten en met een pijnlijk gezicht zijn laarzen uittrok.

De sergeant was woest en had het over muiterij in oorlogstijd en de krijgsraad, maar de soldaat luisterde niet, zijn voeten waren bebloed, de voetzolen waren kapot, het vlees hing erbij. De sergeant was geschrokken en beval nu dat iedereen zijn laarzen moest uittrekken.

Dat deden de soldaten maar al te graag. Iedereen had kapotte voeten.

Na een inspectie had de sergeant het euvel ontdekt, de spijkers kwamen door de binnenzool.

Toch moesten ze nog terug, het was een zielig gezicht, de honderdvijftig militairen strompelend op blote voeten met de laarzen om de nek gebonden.

Ze hadden veel bekijks in de dorpen waar zij doortrokken. Soms konden zij hun zere voeten onder de dorpspomp afspoelen en konden zij ook wat water drinken, maar de groep was te groot voor een uitgebreide medische verzorging; men moest wel verder. Laat in de avond kwam men in de kazerne aan.

De garnizoenscommandant was speciaal opgebleven.

Hij had, omdat ze zo laat waren, een verkenner te paard uitgestuurd, die hem later die dag het droevige nieuws vertelde. Zenuwachtig stond hij bij de poort aan zijn trillende bovenlip te trekken. Toen de groep langs getrokken was, vroeg hij zich vertwijfeld af wat hij de minister moest zeggen: hij had juist enkele dagen geleden gemeld dat de groep klaar en inzetbaar was, ze moesten de grens bewaken.

„Dit duurt weken voordat iedereen genezen is," dacht hij en volgende week komt de nieuwe lichting. De sergeant liep fier voorbij. Hij had nergens last van en groette de commandant. „Morgen acht uur op rapport," sprak die. „Jawel, commandant," was het timide antwoord.

De volgende morgen moesten de soldaten op de kamer blijven.

Een voor een werden ze bij de dokter geroepen, waar ze medisch verzorgd werden.

Wonden schoonmaken en een verbandje. „Dan is alles zo weer genezen," sprak de dokter op geruststellende toon. „En voorlopig zo weinig mogelijk lopen." Nou, dat sprak velen wel aan.

De sergeant stond de volgende morgen om acht uur op de stoep bij de garnizoenscommandant. Wat er binnen besproken is, daar heeft men geen mededelingen over gedaan, maar de sergeant kwam opgelucht weer naar buiten. Hij werd niet gefusilleerd zoals hij die nacht gedroomd had. Hij had de opdracht van de commandant gekregen om alles tot op de bodem uit te zoeken, en dat ging hij doen ook, reken maar.

Na een paar dagen konden de meeste soldaten weer lopen, geen lange marsen, maar zo'n beetje rond de kazerne wandelen. De dagelijkse taken werden langzaam weer opgepakt. Spoedig zouden ook de twee broers weer volledig inzetbaar zijn. Zij hoopten binnen een week met de grensbewaking in het noorden te kunnen beginnen. De sergeant zou alles regelen, ook zou de dokter nog geraadpleegd worden.

Hoofdstuk 8

EEN GROTE, TACTISCHE FOUT

Eindelijk was het zover. Tijdens het appel moesten zij uittreden. Zij werden met een paar anderen door de sergeant naar het bureau van de commandant gebracht.

„Mannen," sprak deze op gewichtige toon toen zij voor zijn kantoor buiten in de ‚RUST' stonden: „Mannen, vandaag is een heuglijke dag. Jullie zijn door de dokter genezen verklaard en jullie hebben DE EER, DE EER," hij herhaalde dat nadrukkelijk, „om jullie land te verdedigen. Dit is niet zonder gevaar, want er zijn de laatste tijd steeds meer grensoverschrijdingen van de vijand waargenomen. Maar jullie zijn goed getraind, dus deze taak is wel aan jullie toevertrouwd." Bij deze laatste zin begon de grote knevel van de sergeant even te trillen, iets wat door geen van de aanwezigen werd opgemerkt.

De commandant vervolgde: „Mannen, vanmiddag veertien punt nul nul uur vertrekt de trein van het station, om dertien punt nul nul uur worden jullie door de sergeant afgemarcheerd. Het is nu acht punt nul nul uur, dus jullie hebben nog vijf punt nul nul uur om jullie koffers te pakken. Ajuus!" Hij draaide zich om en liet de groep in verwarring achter. De sergeant redde de situatie, hij zei: „Ik roep wel als het tijd is."

Deze taal werd door de groep beter begrepen en even later werden zij weer naar hun barak gebracht.

Die middag gebeurde er verder niet veel bijzonders, de trein was op tijd en na een reis van drie uur kwamen zij op het station van de grensplaats aan. De sfeer was gespannen. Er waren veel soldaten op het perron, er waren controleposten waar iedereen zich moest legitimeren. De mensen waren hier zichtbaar nerveuzer. Velen hadden hun bezittingen op een kar geladen en wilden naar het rustige zuiden vertrekken. Dit gaf opstoppingen op de overweg even buiten het station, het treinverkeer werd gehinderd. Ook probeerden hele gezinnen met een paar koffers met de trein naar een veiliger plek te reizen.

Bij een van de controleposten kon een man zich niet legitimeren. Soldaten schreeuwden nerveus dat hij gefouilleerd moest worden. Voorzichtig werd daarmee begonnen, er waren vier geweerlopen op de verdachte gericht.

Angstige burgers renden weg en zochten een goed heenkomen. Sommigen sprongen van het perron en lagen op de rails over de rand van het perron kijkend het schouwspel te volgen. In de tas van de man zaten drie staven dynamiet: weer een terrorist. Geboeid werd hij afgevoerd.

De tweeling werd door al deze taferelen wakker geschud. Het zo ontspannen leventje van weleer was duidelijk voorbij. Dit was de werkelijkheid, dit was oorlog, dit was gevaarlijk.

Na de controleposten zonder problemen te zijn gepasseerd werden zij voor het station opgewacht door een korporaal, die hen naar de kazerne bracht,

De kazerne lag net buiten het dorp op honderd meter van de rivier, die de natuurlijke grens was met het vijandige buurland. Langs de kazerne liep een weg, die via een brug overging naar vijandig gebied.

De brug was nieuw. Hij was drie maanden geleden officieel geopend door vertegenwoordigers van beide landen. Kort daarna brak de ruzie uit en werd de brug gesloten voor alle verkeer.

Aan weerszijden van de brug was een stenen gebouwtje dat in vredestijd door douaniers werd bevolkt. Nu was de grens dicht en aan beide zijden lagen grote rollen prikkeldraad als versperring op de brug. Wachtposten hielden vanuit hun schuttersputje aan beide zijden de overkant in de gaten.

Dit werd ook de taak van de tweeling. De volgende dag werden Knut en Hamar ingedeeld bij een peloton dat vier schuttersputjes bij de brug moest bemannen. Een schema werd opgesteld om de bewaking zo effectief mogelijk te doen verlopen. Eén man overdag in het putje, en twee man 's avonds en 's nachts: twee uur op en twee uur af. Zo werd de veiligheid gewaarborgd.

Die dag moesten zij 's avonds beginnen. Uren tuurden zij met hun verrekijkers naar de brug, maar er gebeurde natuurlijk niets. „Maar als ze nu 's nachts met een botje oversteken, dan zien wij ze toch niet," had Hamar tijdens een gesprek met de korporaal opgemerkt. Deze stelde hem gerust: de rivier stroomt hier veel te hard en een bootje had geen schijn van kans. „Maar toch lukt het ze om over te steken," probeerde Hamar nog. Maar de korporaal wuifde alle vragen weg. „De brug," sprak hij, dat is de enige mogelijkheid. Houd die maar goed in de gaten." Hamar bestudeerde de stafkaart waarover beiden gebogen stonden. De rivier mondde twintig kilometer naar het noorden uit in de zee, er waren verder geen bruggen te zien.

Wel was er enige bebouwing aan de oever van de rivier. Het moest een klein huisje zijn met een bijgebouwtje, zo'n vier kilometer noordelijk. Een smal weggetje liep er naar toe.

Zo stonden ze al enige weken op wacht en hadden geen vijand gezien. Wel werden er aanslagen vlak in de buurt gemeld. Gisteren werd een telefooncentrale opgeblazen en vanmorgen waren de elektriciteitskabels aan de beurt.

De kazerne zat zonder licht en de telefonische verbindingen waren ook verstoord.

„Dit kan geen toeval zijn," dacht Hamar. „De vijand bereidt een grootscheepse aanval voor." Die nacht stonden zij weer naar de brug te turen en Hamar peinsde zich suf over hoe de vijand over de rivier kon komen. Hij besloot op onderzoek uit te gaan.

„Let goed op," sprak hij tot zijn broer. „Jij moet voor twee kijken, want ik ga op onderzoek uit. Voor de wisseling van de wacht ben ik weer terug." Knut probeerde Hamar nog tegen te houden want het was streng verboden om de post te verlaten, maar Hamar sprong lenig uit de put en verdween in de duisternis. Vanaf de kazerne achter hen hadden zij het meest linkse putje aangewezen gekregen. Hamar liep niet naar de rivier, maar stroomafwaarts naar het noorden. Zo zou hij door zijn collega's niet worden gezien.

Hij volgde een smal paadje dat steeds dichter naar de rivier liep. Aan beide zijden was struikgewas waardoor hij door niemand kon worden opgemerkt.

De majoor van de kazerne wilde het struikgewas nog laten kappen om zo een beter zicht op de rivier te krijgen, maar zijn meerdere vond dit onzin; de vijand zou toch alleen maar over de brug kunnen komen. Het licht van de maan werd getemperd door wolkenslierten die met grote snelheid naar het zuiden trokken. Het zou de komende dagen slecht weer worden. „Misschien wel het juiste moment voor een grote aanval. Ik moet mij haasten," dacht hij: „Ik heb niet veel tijd." En hij versnelde zijn pas.

Hij was goed getraind en het kostte hem weinig moeite om ongezien snel op te schieten. Hij dacht aan de stafkaart die hij uit zijn hoofd kende. „Dit pad moet recht naar het huisje lopen. Het zal vroeger toch veel gebruikt zijn, want het was een zogenaamde holle weg met aan weerskanten een hoge berm."

„Toch gek voor zo'n klein huisje," sprak hij bijna hardop hij schrok er zelf van. Niemand mocht hem horen en 's avonds droeg een stem heel ver. Door nieuwsgierigheid gedreven liep hij bijna in looppas en naderde het huisje snel. Het licht van de maan werd door een wolk vrijgegeven en verlichtte de aarde net op het moment dat dit voor Hamar nodig was.

Vijftig meter voor hem zag hij het dak van het huisje door de bomen heen.

Hij begon langzamer te lopen en stond uiteindelijk stil om op adem te komen. Zijn adem ging gehaast en hij was bang dat iemand dit zou horen.

Langzaam vervolgde hij zijn weg. Zover hij kon zien was het oude huisje onbewoond.

Het was een echte bouwval, de ramen waren kapot en de deur hing scheef in de scharnieren. Het water van de rivier klotste tegen de oever. Hamar luisterde gespannen. Hij hoorde alleen het klotsende water en het gekraak van een uithangbord dat langzaam in de wind heen en weer schommelde. Hij liep naar het gekraak toe en probeerde te lezen wat er op het bord stond. Weer verscheen de maan op tijd achter de wolken vandaan en Hamar las:

„Café Het Oude Veer." Hamar dacht even na, toen wist hij het zeker, dit was de oversteekplaats. Hij moest alleen het echte bewijs nog vinden. Hij liep naar de oever en zocht in het hoge gras. Daar vond hij het bewijs, een dikke, ijzeren paal die zo'n zeventig centimeter uit de grond stak. Een ketting was aan de paal vastgemaakt en liep over de bodem van de rivier naar de overkant.

Hoofdstuk 9

DE VEERMAN

„Café Het Oude Veer" werd in vroeger jaren beheerd door een oude veerman, die overdag met zijn kleine veerbotje de mensen over de rivier bracht en 's avonds het café opende voor de gestrande reiziger of een enkele dorpeling die in het dorpscafé niet meer welkom was. In het bijgebouwtje achter het veerhuisje had de veerman een paar bedden gezet. Zo kon hij nog wat extra aan zijn gasten verdienen. Al zeiden de dorpelingen, dat hij zelf de beste klant van het café was.

De oude veerman was een zonderlinge man. In het dorp gingen de geruchten, dat hij vroeger zijn vrouw had vermoord en haar met zijn veerboot midden op de rivier in het water had gegooid. Het waren geruchten, maar als men niet naar de overkant moest dan vermeden de meeste dorpelingen deze plek.

Het pondje was erg klein en alleen geschikt voor personenvervoer.

Zo'n veertig jaar geleden had men behoefte aan een grotere veerboot waar meer mensen op konden en ook vee, omdat aan de overkant niet ver van de rivier een dorpje was met een grote wekelijkse veemarkt.

Er werd in de gemeente besloten om een nieuwe veerboot te kopen en die op dezelfde plaats te laten varen. Het oude veerbootje was overbodig geworden. De oude veerman was woedend over dit besluit en toog naar het dorp. Hij was behoorlijk beschonken. In het dorpscafé nam hij nog een borrel die de waard niet durfde te weigeren.

Hij vervolgde tierend zijn weg richting gemeentehuis. De dorpelingen die hij op zijn weg tegenkwam, liepen met een grote boog angstig om hem heen. De veldwachter was al gewaarschuwd, maar die moest van de andere kant van het dorp komen en dat duurde nog wel even want hij was te voet.

De veerman was bij het gemeentehuis aangekomen en schreeuwde dat hij de burgemeester wilde spreken. De ambtenaren verlieten gehaast aan de achterkant het gemeentehuis. De burgemeester was er niet; hij was met zijn vrouw door de directie van de werf, waar de nieuwe veerboot werd gebouwd, uitgenodigd voor een vakantie in een warm land. Dit had de beslissing voor de aanschaf van de nieuwe veerboot wel wat versneld. De veerman drong het gemeentehuis binnen en begon alles kort en klein te slaan. Asbakken gingen door de ruiten, kasten gooide hij om en een antieke spiegel in de hal rukte hij van de muur: het was een grote ravage. Toen de veldwachter hem vond, lag hij op het bureau van de burgemeester zijn roes uit te slapen.

De veldwachter sloeg hem in de boeien en voerde hem ruw weg.

Hij werd in het gevang gegooid dat zelden werd gebruikt in dit brave dorp. Het was een klein hok, half onder de grond achter het gemeentehuis. Het stonk er en zat vol ongedierte, maar de dorpelingen vonden dat maar net goed.

Na een week werd de veerman vrijgelaten en de dorpelingen waren in groten getale gekomen om te zien of hij al wat gekalmeerd was.

Woedend schold hij het toestromende publiek uit. „Komen jullie vanavond als je durft naar het oude veerhuis,

47

dan zullen jullie wat beleven, stelletje lafbekken. Ik hoop dat jullie allemaal verzuipen met je nieuwe veerboot."

„Kom, kom," sprak de veldwachter, „een beetje rustig anders gaan we nog een weekje in het cachot." De veerman koos eieren voor zijn geld en liep mokkend het dorp uit, achtervolgd door een groot aantal dorpelingen, die nieuwsgierig waren naar wat er die avond ging gebeuren.

In het veerhuis aangekomen, nam hij een borrel en plofte met zijn fles in de hand in een grote kapotte, leren stoel. De dorpelingen die waren meegegaan, keken door de vuile ramen van het veerhuis. Maar zagen niets gebeuren waarvoor zij waren gekomen. De veerman nam nog een slok. „Hij heeft dorst," riep een dorpeling en luid werd er gelachen. Weer nam de veerman een slok. Stil zat hij in zijn stoel en staarde voor zich uit. „Hij mist zijn vrouw," riep de lolbroek, die het succes van z'n eerdere opmerking wilde overtreffen. De groep bulderde.

De veerman stond langzaam op en gooide de fles door het raam naar de dorpelingen die verschrikt achteruit deinsden. Hij opende de deur en liep naar buiten, naar de veerboot. Met een lucifer stak hij de stormlantaarn aan die in de kleine mast van de veerboot hing. De dorpelingen waren meegelopen en keken angstig toe naar wat er ging gebeuren. Het geheel had iets onheilspellends: de oude veerman, de verhalen over zijn vrouw, de slierten mist die over het water hingen. Het viel op dat het windstil was, dat kwam niet vaak voor. De rivier stroomde rustig. Dat zou later wel veranderen als het stuwmeer, dat gebouwd zou worden, het overtollige water in de rivier ging lozen.

Een paar dorpelingen konden de spanning bijna niet meer aan en wensten dat zij waren thuisgebleven.

De veerman maakte de boot los en draaide aan het wiel dat de boot aan de ketting over de rivier trok. In het midden van de rivier stopte de veerman de boot en maakte hem los van de ketting. Langzaam dreef hij de rivier af, richting zee. Lange tijd konden de dorpelingen door de mistflarden heen het zwakke licht van de olielamp zien.

„Hij gaat zijn vrouw achterna," probeerde de lolbroek weer. Maar niemand lachte.

Hoofdstuk 10

DE AANVAL

Hamar stond onbeweeglijk en hield zijn adem in. Hij hoorde wat; vanaf de rivier waren zachte geluiden hoorbaar, het was een zacht piepend en krakend geluid.

Maar het snel stromende water van de rivier maakte zoveel geluid dat Hamar twijfelde.

Hij schrok toen hij in de verte de kerkklok twaalf uur hoorde slaan. „Ik moet opschieten, ik heb niet veel tijd meer," zei hij bijna hardop.

Plots werden de geluiden van de rivier sterker. Nu wist Hamar het zeker.

Vijandelijke soldaten kwamen van de overkant van de rivier en gebruikten de ketting van de oude veerboot om niet weg te drijven met de sterke stroming.

Snel verstopte Hamar zich tussen de stuiken en wachtte met ingehouden adem. De maan kwam weer achter de wolken vandaan en Hamar zag duidelijk het bootje, dat met drie soldaten langs de ketting naderbij kwam.

De soldaten sprongen aan land, de geweren op hun rug en in hun handen droegen zij grote tassen. De laatste soldaat die aan land kwam, gaf met een carbidlamp een teken naar de overkant en het bootje werd langs de ketting langzaam weer teruggehaald, klaar voor de volgende actie.

Hamar wist genoeg, hij moest nu gaan. Morgen zou hij rapport uitbrengen bij de commandant.

Snel liep hij terug naar het pad en liep geruisloos, zo snel als hij kon terug naar het kamp. De laatste honderd meter sloop hij vlak over de grond zodat niemand hem kon zien. „Wel gevaarlijk," dacht hij, „als een van mijn collega's mij ziet, zal hij zeker het vuur op mij openen." Maar de instructies waren om de brug scherp in de gaten te houden, dus naar links werd niet aandachtig gekeken.

Hij liet zich in het schutterspuutje rollen, waar Knut ongerust op hem zat te wachten.

„Waar ben je geweest, Hamar, dit is heel gevaarlijk wat je doet." Hamar wilde net zijn verhaal beginnen toen het sein voor de wachtwisseling werd gegeven. De aflossing kwam al aangelopen en Knut en Hamar kropen uit de schutterspuut en begaven zich naar het wachtlokaal, waar nog een belangrijke instructie zou volgen.

Ze zaten met de hele groep op de houten banken te wachten op de korporaal die de mededeling zou doen. „Mannen," sprak deze toen hij was gearriveerd, „het wordt nu serieus. Gisteravond is een heuse oorlogsverklaring uit het buurland ontvangen. Wij zijn in oorlog. Dit betekent dat jullie, alle soldaten, vanaf gisteravond 21.00 uur onder het oorlogstuchtrecht vallen. Muiterij, desertie en het ongeoorloofd verlaten van uw post zullen met de doodstraf worden beloond. Hier wou ik het voorlopig bij laten. Welterusten."

Knut en Hamar keken elkaar aan. „Je hebt geluk gehad Hamar," sprak Knut, „niemand heeft je gezien."

„Ja," sprak Hamar en wist dat hij zijn verhaal niet meer kon vertellen.

De dagen die volgden, verliepen rustig. Er gebeurde niets, wel werd de stemming in het kamp nerveuzer. Men verwachtte een grootscheepse aanval over land. Vijftig kilometer zuidelijk was er al een aanval geweest, waarbij tientallen militairen waren betrokken.

In het kamp werden de puntjes op de i gezet, alles moest volgens het boekje.

De wachtposten werden uitgebreid.

Op een avond, toen iedereen alweer een beetje aan de oorlog was gewend, moesten Knut en Hamar weer op wacht. Knut en Hamar hadden de meest noordelijke schutterput. Dat was de put die het dichtst bij het oude veerhuis was gelegen.

Hamar had daar om gevraagd, omdat hij dan de richting van het veerhuis in de gaten kon houden.

Zo stonden zij al een uurtje of twee te waken toen Hamar dacht een geluid uit de richting van het veerhuis te horen.

Aandachtig luisterde hij.

Hij tuurde in de duisternis. Bewoog daar wat? Plots zag hij een schim recht voor zich. Hamar wilde gillen, maar zijn keel zat dicht. Het was al te laat, de schim sprong lenig in de schutterput en stak Knut, die nog naar de brug stond te turen met zijn bajonet in de rug.

Alles ging zo snel. Hamar greep de schim. Er ontstond een worsteling op leven en dood, er klonk een schot en de vijandige soldaat zakte levenloos in elkaar. Hamar liet hem los en met een plof viel het lichaam op de grond.

Kolbjorn, een collega uit het naastgelegen schuttersputje stond aan de rand van de put; uit zijn geweer kringelde nog rook. Hij had de schermutseling gezien en was te hulp geschoten. Snel grepen zij Knut, die niet meer bewoog, en samen renden zij met hem in hun armen naar het wachtlokaal. Knut werd op een houten tafel gelegd, hij bloedde behoorlijk.

De dokter was al gewaarschuwd en kwam even later binnengerend. Hij maakte de kleren van Knut los en onderzocht de wond. Het bloed liep over de tafel en druppelde op de grond. Even later kwam de dokter hoofdschuddend op Hamar af „Sorry," zei hij, „ik kan niets meer voor uw broer doen."

Hamar zat met gebalde vuisten op de houten bank en hoorde vol ongeloof wat de dokter zei. Dit kon toch niet, dit was toch niet mogelijk. Hij keek naar zijn gebalde vuisten, draaide ze om en opende zijn handen. In zijn rechterhand zat een naamplaatje. Kennelijk had hij dat van het pak van de vijand getrokken. Hij las de naam, de naam van een moordenaar, dacht hij. Hij werd draaierig en misselijk. Wat is dit nu weer? De kamer draaide om hem heen, hij voelde dat hij van de bank afgleed en met een bonk tegen de grond sloeg. Toen werd alles duister.

In de verte zag hij de boerderij, de zon scheen, het was warm. Inge zat op het kleine krukje Marguerite te melken en Per Ivan stond te zweten in de moestuin. Knut was met de wagen met groenten en eieren naar het dorp gegaan en had alles goed kunnen verkopen. Hij zat te praten in het café, dronk zijn glas leeg en nam afscheid. Hij moest vroeg thuis zijn; hij moest nog een hoop doen.

Vaag hoorde Hamar stemmen. „Hij komt langzaam bij dokter," hoorde hij zeggen.

„Dat zal tijd worden, hij is al vier dagen in coma".

Hamar voelde om zich heen, hij voelde dat hij op bed lag tussen schone lakens, het rook naar waspoeder.

Langzaam deed hij zijn ogen open. Waar was hij? Hij lag in een verduisterde kamer.

Hij kon een verpleegster zien die half over hem heen boog en hem vriendelijk aankeek. „Goedemorgen," sprak de verpleegster, „wilt u wat drinken?"

„Ja, drinken," dacht Hamar, „dat zou lekker zijn." Hij voelde zijn droge tong plakken in zijn mond.

Langzaam knikte hij. De verpleegster liep weg om een glas water te halen, dat zij even later tegen Hamars lippen hield. Langzaam nam hij kleine slokjes, die hem zichtbaar goed deden. „Drinkt u maar rustig. Daarna zal ik uw wond verzorgen en dan maar weer rusten, het gaat al een stuk beter".

„Wond verzorgen?" dacht Hamar „Ben ik gewond?" Hamar probeerde zijn armen te bewegen, dat ging goed, toen zijn linkerbeen, ook geen probleem, maar zijn rechterbeen wilde niet en er schoot een hevige pijn door zijn lichaam.

„Blijft u maar rustig liggen, u heeft een diepe vleeswond, waarschijnlijk van een bajonetsteek, maar alles zal genezen, u moet wel veel rusten." Hamar voelde zich al beter door de geruststellende woorden en langzaam kwamen de beelden van vier dagen terug weer in gedachten voorbij; zijn broer, al dat bloed, was dat echt gebeurd? Hij wist het niet. Hij spande zich in om alles weer terug te zien, maar langzaam gleed hij weer weg in een diepe slaap.

Voorzichtig haalde de verpleegster de injectienaald uit zijn arm en liep de kamer uit.

„Die blijft voorlopig slapen, dat heeft hij nodig." dacht ze terwijl ze de deur zachtjes achter zich sloot.

Na een paar dagen mocht Hamar uit bed om in de tuin van het ziekenhuis wat te wandelen. De frisse lucht deed hem goed. Maar na een half uurtje werd hij moe en wilde weer naar binnen.

Er was veel gebeurd de laatste dagen. De oude koning had de vrede met het buurland getekend. De oorlog was voorbij. Alle soldaten gingen weer naar huis.

Hoofdstuk 11

TERUG NAAR HUIS

Hamar mocht naar huis. Zijn wond was goed genezen, fysiek was hij in orde, maar geestelijk moest hij nog veel verwerken. Soms zat hij uren op een bankje in de tuin en staarde voor zich uit. Soms met in zijn gebalde vuisten het naamplaatje van de moordenaar van zijn broer.

Wat was er met die man gebeurd? Zou hij nog leven?

Zat hij na een korte gevangenschap nu gewoon weer thuis?

Hamar las in de kranten dat over en weer gevangenen werden geruild. Ook stonden in de kranten lijsten met namen van vermiste soldaten, maar hij zag de gehate naam er niet tussen staan.

Feestelijk werd hij uitgezwaaid, maar Hamar was niet blij. Hij zwaaide terug, glimlachte naar de verpleegsters, draaide zich om en liep met stevige pas richting station. Zijn bagage droeg hij in een te grote houten koffer die hij in het ziekenhuis had gekregen. „Zeker van een overleden patiënt," dacht hij toen hij vanmorgen zijn bezittingen in de koffer deed.

Wat voor velen een feestdag zou zijn, was voor Hamar duidelijk niet het geval.

Hij zag er tegenop om weer naar de boerderij te gaan waar alles gewoon door was gegaan. Hij had van Inge en Per Ivan nog wel een paar brieven gekregen, waarin zij vertelden dat alles goed was en dat ze hoopten dat hij spoedig weer op de boerderij zou zijn. Ze konden wel wat hulp gebruiken. Die gedachte alleen al maakte hem kwaad.

Op het station was het niet druk. De meeste soldaten en vluchtelingen waren weer thuis en hadden voorlopig geen behoefte aan een treinreis.

Hamar zocht een lege coupé en ging voor het raam zitten. Hij keek naar de mensen op het perron. Vanavond zou hij thuis zijn. Per Ivan had geschreven dat hij hem met paard en wagen zou ophalen. De gedachte dat hij de oude Trudie weer zou zien, maakte hem wat vrolijker.

Zijn oog viel op een vreemde krant die op de bank aan de overkant lag. Het was een krant van het buurland. Hamar pakte de krant en las de koppen. Deze waren veel vriendelijker dan een paar weken geleden. Over en weer werden ministers uitgenodigd. Hij bladerde door de krant toen plots zijn oog viel op een bericht met een kleine foto daarbij. Het ging over de feestelijke hereniging van een luitenant met zijn familie.

Die luitenant zat in een rolstoel. Hij was tijdens een nachtelijke actie getroffen door een vijandelijke geweer-kogel. Hij was gewond aan beide ogen en aan de rech-terzijde gedeeltelijk verlamd. Men verwachtte, dat hij geheel zou genezen.

Hij was opgenomen in een verzorgingstehuis in de hoofdstad. Het zweet brak Hamar uit toen hij de naam van de luitenant las. „Dit kan niet! het is onmogelijk!" stamelde hij. Hij begon te beven en een rilling liep over zijn rug. Toen hij weer wat gekalmeerd was, scheur-de hij het artikel uit de krant en borg het zorgvuldig in zijn portefeuille op.

De reis duurde nog lang, maar Hamar was te opge-wonden om te gaan slapen. Hij bleef maar denken aan die moordenaar; het werd een obsessie.

Dan haalde hij het krantenartikel weer tevoorschijn en bestudeerde de foto.

Hij herkende hem niet; hij had hem in het donker ook nauwelijks gezien.

„Kolbjorn heeft niet goed gericht," dacht hij, „dat was stom. Hij zou zelf het karwei gaan afmaken." Bij die gedachte werd hij wat rustiger en even later lag hij met zijn hoofd tegen het raam te slapen.

Het landschap gleed rustig voorbij. Men kon zien dat er op vele plaatsen nog hevig was gevochten. Huizen waren verbrand, hoogspanningsmasten waren opgeblazen en fabrieken en bruggen vernield.

Het zou veel geld kosten om alles weer op te bouwen, maar het buurland had alle steun toegezegd.

Het was al donker toen de trein het station binnenreed. Hier moest Hamar eruit.

Even te voren was hij wakker geworden, de conducteur had hem gewekt.

Per Ivan stond in de verte al te zwaaien en liep op een draf naar hem toe. Ze omhelsden elkaar. „Wij zijn blij dat je er weer bent," sprak Per met ontroerde stem. „Kom gauw mee naar huis. Inge heeft een heerlijke maaltijd gemaakt, daar zal je van opknappen na zo'n reis." Per nam Hamars koffer en sleurde die door het station.

„Goed bedoeld," dacht Hamar, „maar ik heb geen trek."

Voor het station stond zijn paard Trudie braaf te wachten.

Zij herkende Hamar die zachtjes over haar neus wreef. „Knut is er niet meer," sprak hij zacht in Trudies oor. Hij beeldde zich in een geschokte reactie bij het dier te zien.

De reis verliep voorspoedig en Per vertelde honderduit, hij vertelde over de boerderij en over de oorlog, die gelukkig niet naar hun deel van het land was overgeslagen. Het drong allemaal niet tot Hamar door. Inge stond al bij de deur en omhelsde Hamar. „Dit is al de tweede keer op een dag," dacht hij, „wat een medeleven."

„Het eten is over een half uurtje klaar, ga je maar wat opknappen," riep ze Hamar na die zijn koffer naar zijn slaapkamer sjouwde „Dat was ik ook van plan," riep Hamar zo vriendelijk mogelijk terug. „Het lijkt de militaire dienst wel," dacht hij.

In zijn kamer gooide hij de koffer in een hoek en plofte op bed neer. Hij keek in het rond, „Niets veranderd," dacht hij en viel in slaap.

De volgende morgen werd hij wakker toen de zon al op de middelste tree stond. Per Ivan en Inge wisten wel wat hij had doorgemaakt en hadden hem gisteravond nog geprobeerd te wekken. Uiteindelijk besloten zij hem te laten slapen, het extra stukje vlees hadden zij eerlijk verdeeld.

Hamar stond op, waste zich en kleedde zich aan. Hij voelde zich al wat beter na deze lange rust.

Inge had een ontbijt klaargezet en Per Ivan was in de moestuin bezig. Hamar at het ontbijt en ging naar buiten. Hij begroette Trudie en Marguerite die in de wei stonden te grazen, en ging in een stoel in de zon zitten.

Hij dacht aan de moordenaar van zijn broer, die nu in een verzorgingshuis bij zijn familie leefde. Hier kon hij geen vrede mee hebben en besloot het recht in eigen hand te nemen. Hij besloot de trein naar het buurland te nemen om de moordenaar te zoeken. Hij wilde hem spreken en vragen waarom hij dit gedaan had, maar gaandeweg kwam er toch het idee wraak te nemen.

Hij kon thuis zijn draai niet meer vinden en besloot na twee weken doelloos rond gehangen te hebben de moordenaar te gaan zoeken. Bij de bank in het dorp haalde hij al zijn spaargeld op. Het bedrag viel reuze mee, Inge en Per Ivan hadden de opbrengst van de boerderij keurig verdeeld. Hij nam afscheid en zei dat hij een paar weken op vakantie wilde gaan om alles op een rijtje te zetten. Per Ivan en Inge hadden hier begrip voor en drukten hem op het hart voorzichtig te zijn en geen verkeerde dingen te doen. Per Ivan bracht Hamar met de wagen naar het station. Na het afscheid liep Hamar opgelucht de stationshal binnen en kocht een kaartje enkele reis.

Hoofdstuk 12

WRAAK

Na enige uren bereikte hij de hoofdstad van het buurland. Het was een gezellige stad; de zon scheen volop en
de terrassen waren goed gevuld met vrolijke mensen.
Je zou niet denken dat hier een paar weken eerder nog
een oorlogsstemming heerste. Hamar nam een hotel in
het centrum en besloot na het eten te gaan zoeken naar
het verzorgingstehuis waar de moordenaar moest zijn.

Het eten smaakte goed, beter dan de vette kost die
Inge gemaakt had. Na het eten bladerde hij in het tele-
foonboek en vond daar de namen van vijf tehuizen. Hij
begon te bellen en vroeg of de naam die hij gaf bekend
was. Na een half uurtje had hij het gevonden. De moordenaar zat in Avondrust, een particulier tehuis. „Hij heeft
zeker rijke familie," dacht Hamar toen hij de hoorn aan
de haak hing. Alles klonk heel deftig.

De volgende dag ging Hamar een kijkje nemen. Hij liep
een paar maal rond het tehuis. Het was een grote villa
uit de vorige eeuw, een statig gebouw, goed verzorgd en
alles straalde rust uit. De tuinen waren goed onderhou-
den en verpleegsters liepen of zaten met patiënten in de
zon. Het zag er vredig uit.

Onder een grote eikenboom zat een man in militair
uniform. Zijn ogen waren met verband afgedekt. Zou dit
de moordenaar zijn? Hamar slikte; het zweet brak hem
uit. Langzaam liep hij naar de man toe. Hij zat daar alleen.
Stap voor stap kwam hij nader. Hij hield een moment in,
omdat hij bang was dat de man zijn gejaagde adem zou

horen. Behoedzaam vervolgde hij zijn weg. Hij was tot op twee meter genaderd van de man die heerlijk in de schaduw van de grote boom zat te slapen. Hamar boog zich voorzichtig voorover om de naam op zijn uniform te lezen. Hij kon nog net een schreeuw bedwingen.

Hij had de moordenaar gevonden. Hamar stond als aan de grond genageld en keek enige tijd naar het gezicht van de slapende man. Dit gezicht zou hij nooit meer vergeten.

Hij ging terug naar het hotel. Hij moest een plan maken.

Hij wist nog niet hoe hij zijn daad ging uitvoeren. Een kogel ...?? Nee, dat maakt teveel herrie. Een mes? Een rilling liep over zijn rug, zo eng vond hij dit. Vroeger op de boerderij, als zijn vader ging slachten, ging hij weg de bossen in en kwam dan uren later weer terug als hij zeker wist dat alles voorbij was.

Een mes was dus ook niks. Vergif leek hem wel wat, maar dan moest hij in de keuken van het tehuis kunnen komen.

Hij besloot om de volgende morgen naar het tehuis te gaan en zich voor te doen als een bezoeker. Hij moest proberen de kamer van de moordenaar te vinden. Hij sliep die nacht onrustig; hij lag maar te woelen in zijn bed. Hij was al een paar keer opgestaan om wat te drinken, keek dan een tijdje door het geopende raam naar de uitgestorven straten van de stad en ging dan, koud geworden door de buitenlucht, weer naar bed en sliep weer enige tijd. Dit tafereel herhaalde zich zo enige keren, maar eindelijk kwam de zon op. Het beloofde een mooie dag te worden. Hij was vroeg in de ontbijtzaal en bestelde een uitgebreid ontbijt met eieren, croissants en jus. Om tien uur liep Hamar de hal van het verzorgingstehuis binnen en kocht bij de kiosk een bos bloemen. Zo zou hij er uitzien als een bezoeker dacht hij en vond dit een goed idee. Hij liep door de brede gangen van het tehuis en keek op de naambordjes die naast de kamerdeuren waren bevestigd. De meeste deuren stonden open, de bewoners zaten waarschijnlijk al lekker in de koele ochtendzon. Werksters waren bezig de kamers schoon te maken en de bedden op te maken. Men werd hier goed verzorgd.

Hamer las de naambordjes links en rechts in de gang. Plotseling kreeg hij een schok; de naam die hij las was de naam van de moordenaar. Hij stond stil en keek door de geopende deur de kamer in. Een kamermeisje was het bed aan het opmaken. Het was een mooie, grote kamer met een antieke inrichting. De kamer was verder leeg. „Hij zal wel onder de eikenboom liggen te pitten zonder last te hebben van zijn geweten," dacht Hamar.

„Ben je daar eindelijk, Johan," hoorde Hamar achter zich. Hij draaide zich langzaam om en keek recht in het vriendelijke gezicht van een oud vrouwtje dat met behulp van een wandelstok op hem toe was gelopen. Ze kwam uit de kamer die tegenover die van de moordenaar was gelegen. „Wat een prachtige bos bloemen heb je voor mij gekocht, Johan," sprak de dame en probeerde hem te omhelzen. Hamar was met stomheid geslagen. Hij stamelde nog wat onverstaanbaars, maar besloot snel mee te spelen. „Misschien was dit een goede dekmantel en kon hij zo de kamer van de moordenaar in de gaten houden. „Ja natuurlijk," sprak hij en hield zijn bos omhoog. Gearmd liepen zij naar de kamer van het vrouwtje. „Ga maar lekker zitten," sprak ze, „dan bestel ik een kopje koffie voor je, dat zal je wel lusten na zo'n lange reis". „Ja, lekker," zei Hamar en wist niet wat hij verder moest zeggen. Moeder? Tante? Oma? Hij was duidelijk overrompeld door de situatie en was bang dat het personeel hem niet als familielid zou herkennen. Alles verliep echter perfect. De verpleegster die de koffie kwam brengen werd door het vrouwtje aan Hamar voorgesteld. „En deze jongeman is mijn neef Johan," sprak ze vervolgens.

„Hij is helemaal uit het noorden gekomen om zijn oude tante voor het eerst te bezoeken en heeft een prachtige bos bloemen meegenomen, vind je dat niet lief?"

„Nou en of," sprak de verpleegster. Ze was blij voor het oude vrouwtje, ze had nog nooit bezoek gehad en nu kwam plots haar neef nog wel, haar neef, waar ze altijd zo trots over vertelde. „Wilt u na het bezoek nog even bij de dokter langs gaan?" sprak de verpleegster. „Ze wil nog even met u over de toestand van uw tante spreken."

„Ja, natuurlijk," sprak Hamar, „over een uurtje." Hij voelde zich helemaal geaccepteerd als neef Johan.

Vriendelijk converseerde Hamar met het vrouwtje. Hij kwam zo heel wat over de familie te weten en na het derde kopje koffie besloot hij op te stappen. Hij beloofde dat hij 's avonds terug zou komen. Hij vertelde dat hij een paar dagen in de stad zou blijven en iedere dag op bezoek zou komen. Deze belofte deed het oude vrouwtje goed en vriendelijk namen zij afscheid bij de deur.

Hamar zag nog net dat een soldaat in een rolstoel de kamer aan de overzijde van de gang werd binnengereden. De deur werd achter hem gesloten.

„Een prima dekmantel," dacht Hamar en liep naar het kantoor van de dokter die het dossier van ,zijn' tante al op haar bureau had klaargelegd. „U bent haar enige familielid," sprak de dokter nadat Hamar tegenover haar in een grote leren fauteuil had plaatsgenomen. Uw tante dacht dat U in de oorlog gesneuveld was, ze is heel blij dat U nu op bezoek komt. Uw tante is een welgestelde vrouw. Wat deed Uw oom eigenlijk? Waar heeft hij zijn fortuin mee verdiend?"

„Oh, hij had een grote worstfabriek in het zuiden van het land," sprak Hamar. „Hij had ook grote landerijen met duizenden stuks vee. Allemaal voor de worst."

Hamar was blij dat het vrouwtje honderduit verteld had tijdens de koffie, hij wist veel van de familie. „Weet U dat uw tante haar hele vermogen aan ons nalaat. Zij heeft vorige maand de betreffende stukken ondertekend.

Wij hebben grote plannen om van dit geld een nieuwe vleugel te bouwen. Eigenlijk zijn we al met de voorbereidingen begonnen. Ik hoop niet dat U onze plannen in de war stuurt door het legaat aan te vechten."

Hamar wist dat hij geen kans maakte ook maar een cent van de erfenis te ontvangen. Maar zomaar alles opgeven zou misschien argwaan wekken.

„Ach," sprak Hamar, „het is veel geld, maar het was een familiebedrijf. Mijn vader had zeventig procent van de aandelen. Toen hij vorig jaar overleed, heb ik zijn deel geërfd. Ik zal uw plannen niet dwarsbomen, daar kunt U zeker van zijn."

De dokter was opgelucht en de stemming werd zelfs vriendschappelijk. Zij bleven nog een tijdje praten en na een half uur nam Hamar vriendelijk afscheid.

Hij liep langs de kamer van de soldaat. Een verpleegster bracht een glas port op een zilveren dienblad. Het was vijf uur.

„Uw tante ligt nu te rusten," sprak ze: „Ik heb haar zojuist nog verzorgd, ze was heel blij met Uw komst."

„Ik ben ook blij dat ik gekomen ben, morgen kom ik weer terug. Ik ben voorlopig een week in de stad." Hamar liep naar buiten en slenterde door de stad. Het werd al donker toen hij besloot naar het hotel te gaan.

Hij had zijn plan wat verder uitgewerkt. Het glas port dat iedere dag om vijf uur wordt gegeven, werd een deel van zijn plan. Morgen zou hij het verder uitwerken, hij mocht niet te gehaast zijn, hij had alle tijd.

De volgende dag kocht Hamar in de stad een rattenbestrijdingsmiddel. Het waren witte pillen. Hij kende ze nog van de boerderij: geen rat meer te zien. Volgens de verhalen die in het dorp de ronde deden, had de bakkersvrouw jaren geleden met deze pillen haar man vermoord. Ze had er maar twee genomen. Goed spulletje dus. Bij de Apotheek kocht Hamar een vijzel, hij wilde de pillen goed fijn maken en dan in de port oplossen.

Terug in het hotel nam Hamar drie pillen en begon ze met de vijzel fijn te wrijven. „Zo fijn als poedersuiker," dacht Hamar en veegde het witte poeder op een papiertje en vouwde het voorzichtig dicht.

Daarna spoelde hij alles goed schoon: er mocht natuurlijk geen ongeluk gebeuren. Hij verborg het papiertje in een boek in zijn hotelkamer.

Later deze week had hij het nodig.

Ruim voor het bezoekuur was hij weer in het tehuis en kocht hij bij de kiosk een mooie bos bloemen. In de gang kwam een van de verpleegsters hem tegemoet. „Ik heb vrij, zullen we een kopje koffie gaan drinken voor U naar uw tante gaat?"

Ja, dat leek Hamar een goed idee.

Tijdens de koffie vertelde zij dat haar vriend gesneuveld was in de oorlog. Maar ze vertelde er ook bij dat ze het toch uit wilde maken: hij was een slecht mens en had al maanden in het gevang gezeten. Hamar keek haar aandachtig aan. Ze was eigenlijk best knap, dat had hij gisteren niet gezien.

„Ja, de oorlog, ik heb ook heel wat meegemaakt, gelukkig is alles voorbij." Hamar hoopte dat zijn stem normaal klonk, inwendig trilde hij van woede. „Luna, zullen we na het bezoekuur wat gaan eten in de stad?" sprak Hamar. Haar naam stond met rode letters op haar witte jas geprint. „Ik ben hier niet bekend en zo kan je me wat over deze mooie stad vertellen".

„Lijkt me leuk, ..." sprak Luna.

„Johan," zei Hamar en stond op en gaf een hand. Hij kreeg een kleur, hij was dit niet gewend.

Ze dronken hun koffie en namen afscheid. Hamar liep richting de gang en Luna ging naar buiten. Hij draaide zich om en keek Luna na tot ze in de menigte was verdwenen.

„Mijn wraakactie heeft ook leuke kanten," mompelde hij in zichzelf toen hij op tantes kamerdeur klopte.

De bos bloemen werd naast de bos van gisteren op het dressoir gezet.

„Ik moet niet te lang wachten," dacht hij, „want er kunnen hooguit vier bossen naast elkaar." Overmorgen, zondag, zou hij toeslaan.

Die middag gebeurde er weinig. Hamar dronk thee en luisterde naar de verhalen van tante die regelmatig wegdommelde. Dan had Hamar even vrij en wandelde hij door de gang langs de keuken.

Voorbij de keuken was er aan de rechterkant van de gang een toilet voor de patiënten. Hamar had het toilet al eerder geïnspecteerd; het paste precies in zijn plan. Hamar wandelde terug en zag dat de deur van de soldaat open stond. Hij zat in zijn rolstoel, zijn ogen werden door een verpleegster verzorgd. Hamar balde zijn vuisten in zijn broekzak en voelde het naamplaatje dat hij altijd bij zich droeg. Hij omklemde het in zijn hand en kneep erin tot zijn knokkels wit waren.

Zo staarde hij enige tijd door de halfgeopende deur.

Hij schrok toen hij plotseling een stem achter zich hoorde. „Hallo Johan, hoe is het met je tante?" Het was Luna, die met een patiënt aan het wandelen was. Hamar haalde verschrikt zijn handen uit zijn zakken en draaide zich om. „Goed hoor, ze slaapt," stamelde hij. Hij hoopte maar, dat Luna niets in de gaten had. „Ik ga nog even bij haar kijken, ik zie je zo wel." Hij liep naar de kamer van zijn tante en verdween geruisloos door de deur.

Luna keek hem verbaasd na. Ze raapte iets op van de vloer, keek er aandachtig naar, stopte het in de zak van haar schort en vervolgde haar weg met de patiënt.

Hamar liet zich in een fauteuil zakken en bleef even aangeslagen zitten. Zou Luna iets gemerkt hebben van zijn interesse voor de soldaat??

Tante werd wakker en begon weer honderduit te praten over de familie, maar het interesseerde Hamar niet meer, hij werd er moe van. Zondag zou hij de rekening vereffenen.

Luna kwam nog even binnen en zei, dat ze die avond toch maar niet meeging; ze had hoofdpijn en wilde vroeg naar bed.

Hamar vond het niet eens zo erg. Hij moest nog het een en ander voorbereiden. Zijn hoofd stond toch niet naar een diner bij kaarslicht. Een andere keer dan maar. Tegen vijven sloop Hamar de kamer uit; tante was weer weggesukkeld. Hij liep langs de keuken en zag op een zilveren dienblad het glas port staan. Hij liep door naar het toilet en opende de deur. Alles was oké. Het moest zondag lukken.

Zondagochtend werd Hamar vroeg wakker. Hij had die nacht slecht geslapen. Telkens droomde hij dat er iets fout zou gaan. Hij schrok dan wakker, ging rechtop zitten en kwam dan langzaam tot zijn positieven. Zijn grootste angst was dat het toilet om vijf uur die middag bezet zou zijn. Dan moest hij de hele actie afblazen.

Na het ontbijt pakte hij het poeder uit het boek en deed het in zijn broekzak, samen met een lepeltje om te roeren. Vroeg verliet hij het hotel.

Hij zou naar het tehuis gaan lopen, daar werd hij rustig van. Klokslag elf liep hij door de hal van het tehuis en kocht de laatste bos bloemen voor tante. De dag duurde eeuwen. Tante bleef maar vertellen over de familie en viel geregeld in slaap. Ook vertelde zij een verhaal over de dochter van de oude koning, het prinsesje, dat zo mooi was dat velen daardoor bezweken. Het was echt gebeurd. Hamar had er weleens over gelezen in een tijdschrift. Hij wist niet of het prinsesje nog leefde.

Het was vijf voor vijf en Hamar besloot naar de keuken te lopen.

Het glas met port stond zoals hij had verwacht op het aanrecht.

Hij liep naar het toilet, opende de deur, trok hard aan het alarmkoord en sloot de deur, van buitenaf draaide hij met een munt de deur op slot.

Tot nu toe verliep alles zoals verwacht. Hamar liep terug naar de keuken. Op de gang hoorde hij het alarmbelletje rinkelen. De dienstdoende verpleegster kwam in looppas aangerend en liep richting toilet precies zoals Hamar het wilde. Snel schoot hij het keukentje in, haalde het poeder te voorschijn en goot alles in het glas port. Met het lepeltje roerde hij het goed door. Er was niets meer van te zien. Op de gang verstomde het tumult dat door het alarm was veroorzaakt. Men had de deur open gekregen en gezien dat het gelukkig om een loos alarm ging. De bewoner van kamer 114 kreeg de schuld. Hij had weleens eerder loos alarm gegeven. De dokter had toen gezegd, dat hij dat gedaan had om aandacht te trekken.

Hamar liep terug naar tantes kamer en zag dat de militair zijn drankje had gekregen. Hij ging de kamer binnen en liet de deur open staan. Zo kon hij vanuit zijn fauteuil de militair zien zitten.

Luna liep door de gang en liep de kamer van de militair binnen. Hamar schrok, zij kuste hem en ging tegenover hem zitten. De militair schoof het glas port naar Luna en reikte naar het belkoord om nog een glas te bestellen. Het zweet liep Hamar in zijn nek: dit had hij niet voorzien, hij moest iets doen. Als Luna een slok nam, zou zij binnen tien minuten sterven. Er was dan niets meer aan te doen, zelfs het leegpompen van de maag zou niet meer helpen.

Hamar liep de kamer van de militair binnen, groette en vroeg of Luna even tijd had. „Ga toch even zitten," sprak de militair. „U bent toch de neef van mijn overbuurvrouw?"

„Ja," zei Hamar, „zij slaapt nu, zij is erg vermoeid." Hamar hoopte, dat wat hij zei goed verstaanbaar was. Inwendig trilde hij van spanning. „Ga zitten en drink een glas port met ons," vervolgde de militair. Hamar ging zitten en keek hulpeloos in het rond. „Mijn zus heeft me nog van Uw afspraak met haar verteld, jammer dat het niet doorging. Jullie moeten binnenkort nog maar eens afspreken."

„Zus? Zus? Is Luna Uw zus?"

„Ja," sprak de militair: „Luna is mijn jongere zusje." Er viel een stilte. Luna schoof haar glas door naar Hamar.

Een verpleegster kwam binnen en bracht twee glazen port. Een voor Luna en een voor haar broer.

„Ja," zei Luna, „en ik ben hier om mijn broer te beschermen. We hebben je door, Hamar, jij bent helemaal geen neef van de overbuurvrouw."

Per Ivan en Inge hebben met mij contact opgenomen en van Uw plannen verteld. Inge is hier zelfs nog geweest en vertelde van je vreemde gedrag na terugkeer en vond ook het krantenknipsel, dat je altijd bij je droeg. En hier had zij ook over verteld," vervolgde Luna terwijl zij haar hand langzaam open deed.

„Gevonden in de gang," sprak ze. Hamar verstijfde toen hij het naamplaatje van de militair in haar hand zag. „Het is uit," dacht hij, „ik ben verloren."

Luna maakte het nog wat erger voor Hamar en vervolgde: „Inge vroeg mij ook de politie in te schakelen, maar pas te laten ingrijpen als er voldoende bewijs was voor ‚poging tot moord'. Dan ging jij levenslang de gevangenis in en konden Per Ivan en Inge voor altijd op de boerderij blijven. Hamar keek hulpeloos rond en zag de politieagenten, die hem weldra zouden arresteren, op de gang staan. Het zweet liep van zijn voorhoofd en drupte voor hem op de grond. Er viel een lange stilte. Hamar wist niet meer wat hij moest zeggen. Het was uit, er was niets meer aan te doen. Hij kon zijn broer niet wreken. Hamar pakte het glas port, liet de drank langzaam in het glas rond gaan, bracht het aan zijn lippen en dronk het in een teug leeg.

Hoofdstuk 13

EEN TRAAG BEGIN

Lui lag ik op m'n rug in het gras naar het klotsen van de golven van de rivier tegen de walkant te luisteren en dacht: „Als het ritme van de golfslag verandert, moet ik opletten. Dan komt hij eraan, dan kan ik met het interview beginnen".

Langzaam viel ik weer in slaap.

Ik ben journalist van het lokale dagblad „De Molenwiek" en interview iedere week een illuster persoon voor een spraakmakende rubriek die iedere week vele lezers trekt.

Deze week een afspraak in „Café het Oude Veer".

Ik weet niet hoelang het geduurd heeft en of ik nou van het klotsende water wakker werd of van de kou ik zal het nooit weten, maar plots was hij daar ... De Beul.

Ik keek naar de ondergaande zon, die stond al op de laatste tree. Ik had dus niets gemist. Op tijd voor de afspraak.

Het veerhuis heeft een historische waarde, vijandelijke troepen zijn hier in de oorlog 's nachts heimelijk de rivier overgestoken en hebben sabotagedaden gepleegd. Na de oorlog is het veerhuis geheel gerestaureerd en er was nog een herdenkingssteen in de gevel gemetseld. De grote oude veerboot werd ook weer in de vaart genomen, omdat de brug in de laatste oorlogsdagen werd vernield.

Ik sprong op en klopte mijn kleren af van zand en gras. Ik had een paar uur aan de oever gelegen.

Het silhouet van de veerboot stak scherp af tegen de oranjegekleurde hemel van de ondergaande zon.

Het was een mooi gezicht.

Toch bekroop mij een onbehaaglijk gevoel.

Over enkele minuten zou ik oog in oog staan met een echte beul, die mensen gedood had.

De meesten waren misdadigers, moordenaars die niet beter verdienden, maar er waren ook twijfelgevallen geweest. Schrijnende gevallen, zoals die vrouw, die ervan beschuldigd werd haar liefhebbende echtgenoot te hebben gedood.

Ze had een pan kokende erwtensoep over hem leeggegoten, terwijl hij op de bank lag te slapen; hij was jammerlijk verbrand. Zij beweerde altijd dat het een ongeluk was, zij was gestruikeld tijdens het tafeldekken en was met pan en al over hem heen gevallen. Ze had geen blaartje en toen de buren verklaarden dat hij een rotzak was die zijn vrouw dagelijks sloeg en dat de buurvrouw de grootste pan geleend had omdat haar eigen pan te klein was geloofde de rechter niets van haar verhaal en vonniste de doodstraf.

De ophef in het land was groot en Joris de beul leidde het protest omdat hij verliefd geworden was op de veroordeelde. De zaak werd heropend en alle feiten nogmaals bekeken. Na enige maanden volgde het definitieve oordeel: Vrijspraak!!!

Het was ook een rotzak, de overledene, dat bleek ook tijdens de begrafenis, er was niemand, niemand die voor hem was gekomen, niemand en geen enkele bloem, niets.

Hij werd begraven met de rookworst nog tussen zijn hemd.

De loopplank werd neergelaten en de eerste reizigers verlieten de veerboot. De meesten zeulden met grote tassen groenten. Zij waren naar de wekelijkse markt gegaan. Er hing een lucht van prei en uien.

Ik herkende hem van foto's in de krant: hij was alleen wat ouder. Maar hij had nog hetzelfde onnozele, lelijke gezicht. Hij was geen schoonheid.

Gelukkig hebben zijn slachtoffers zijn hoofd nooit gezien, het zou hun straf alleen maar verergerd hebben.

Tijdens het uitoefenen van zijn functie droeg hij altijd een zwarte kap. Hij mocht immers niet herkend worden.

Ik heb ooit een verhaal gehoord dat hij werd herkend door enige dames van de Gemeentewerken waar hij overdag werkte.

„Het is die kale van de boekhouding," schreeuwde er eentje opgewonden. „Ik zie het aan z'n schoenen." „Ik kon wel door de grond zakken", zei de beul later toen hij met het incident werd geconfronteerd;

iets wat de veroordeelde al voor hem gedaan had.

„Joris Jansens," zei hij en ik schudde zijn uitgestoken hand. „Laten we gauw naar binnen gaan," zei ik: „Het wordt al fris."

„En vochtig," voegde Jansens eraan toe. „Met dit weer krijg ik altijd last van mijn nek," en hij wreef met een pijnlijk gezicht over zijn waarschijnlijk stijve nekspier.

„Je klanten zullen vroeger ook wel last van hun nek hebben gehad," kon ik nog net onderdrukken en glimlachend liep ik naar binnen. Hij keek me vragend aan. We gingen in een rustig hoekje zitten en ik bestelde twee koffie.

„Kunt u mij eerst betalen zoals U beloofd heeft, voordat we verder gaan?" sprak Jansens op benepen toon.

„Ik ben gepensioneerd en heb geen nevenfuncties meer, dat zult U wel begrijpen. De protestactie is mij nooit in dank afgenomen. Ik raakte mijn baan kwijt en ook mijn nevenfuncties kon ik niet meer uitvoeren. De vrouw wilde na de vrijspraak ook geen contact meer met mij. Ik ben toen naar het buurland verhuisd, de vroegere vijand. Daar werd ik wel geaccepteerd. Ik kreeg een baan bij Jan de Schoenlapper, een zaak met vele filialen in het land. Jan, de zoon van een molenaar had de zaak opgericht. Daar heb ik tot mijn pensioen gewerkt.

Ik begreep het en schoof twee zilverlingen over de tafel naar hem toe. Zijn begerige hand omklemde de muntstukken en liet ze geruisloos in zijn jaszak glijden.

Ik pakte mijn potlood en notitieblok en legde het voor mij op tafel, ik was klaar om te beginnen.

Hij kuchte, schuifelde op zijn stoel, nam een slok koffie en stak van wal.

Hij begon te vertellen over zijn moeizame geboorte, zijn mislukte jeugd, zijn stiefvader die in het gevang zat, zijn moeder die altijd zoek was en zijn oma die in een nachtclub danste.

Kortom iedereen was bang dat het fout zou gaan met de kleine Joris.

Maar het liep gelukkig anders.

Op zijn twintigste kreeg hij verkering met ene Geertrude. Haar vader, die onze Joris totaal niet mocht, probeerde alles om de verkering te verbreken.

Hij was militair, stoer en fier met een grote puntige knevel. In dienst was het zijn taak om dienstplichtigen op te leiden tot goed bruikbare soldaten die hun mannetje stonden. Een moeilijke en verantwoordelijke taak zoals hij vaak aan anderen uitlegde.

Hij had mensenkennis en wilde dat Joris militair werd, zo kon hij hem fysiek en geestelijk afknijpen en wel zodanig dat hij af zou zien van enige verkering. Sterker nog, hij verwachtte dat wanneer hij klaar was met onze

Joris, dat die helemaal geen lust meer had in enig menselijk contact en zich ergens in de bergen voor de rest van zijn leven zou terugtrekken.

Er zou oorlog komen met het buurland dus hij kon hem in geval van nood ook nog naar het front sturen. Nee, hij had zijn plan al klaar: hij zou zijn dochter beschermen tegen deze onbenul.

Maar Joris ,overleefde'. Na een gedegen vooropleiding kregen hij en zijn makkers nog een laatste test. Een mars van veertig kilometer.

Joris vertelde vol vuur over deze periode van zijn leven. Hij was er trots op, dat hij zijn schoonvader had weerstaan en zelfs had overwonnen.

Hij vertelde, dat een saboteur te lange spijkers in hun nieuwe dienstlaarzen had geslagen en dat de hele compagnie met bebloede voeten was uitgevallen. Behalve Joris, de bofkont, hij had geen last gehad, omdat hij de laarzen van zijn schoonvader stiekem had geleend, omdat deze wat ouder en soepeler waren en er dus wat stoerder uitzagen.

Na de mars had Joris de laarzen weer gauw in de kast terug gezet. Zijn schoonvader heeft jarenlang, tot zijn dood, gepeinsd hoe het toch mogelijk was dat nou net Joris geen probleem met zijn laarzen had.

Na de oorlog trouwde Joris met zijn Geertrude en ze kregen al gauw een tweeling, twee jongens, die sprekend op Joris leken. Zijn schoonvader had de strijd opgegeven en probeerde de rest van zijn leven aardig tegen Joris te doen. Joris ging weer naar school en slaagde na een paar jaar als boekhouder en kreeg een baan bij de gemeente.

„Wat een verhaal," dacht ik, „dit krijg ik nooit in de krant." Mijn gedachten dwaalden af en ik keek langs

Joris door het raam naar buiten. Het was gaan regenen, mensen liepen richting loopplank, de veerboot zou over een minuut of tien weer vertrekken. Ik schrok wakker uit mijn overpeinzingen door het gekuch van Joris. „Kan ik nog een kopje koffie krijgen? Ik heb een heel droge keel," Ik bestelde nog twee koffie. „U maakt geen notities. Is mijn verhaal niet interessant genoeg?? Ik kan ook over de oorlog vertellen, ik heb een hoop meegemaakt."

„Vooruit proberen dan maar," dacht ik. Ik knikte instemmend en hij stak voor de tweede keer van wal.

Hoofdstuk 14

DIT KAN IN DE KRANT

„Weet U: door mijn toedoen is de oorlog met het buurland eerder beëindigd."

„Dit is pas nieuws," dacht ik, „Dit kan in de krant." Ik liet hem verder praten.

„De koning van het buurland was een oude norse man, die het toentertijd op de rijke kopermijnen in ons land had voorzien.

Hij had ook een zeer, zeer knappe dochter.

Het verhaal ging dat ze zo knap was, dat een ieder die haar enige seconden recht aankeek, stierf aan een hartstilstand. Zo knap was ze.

Er waren al heel wat mannen op deze manier gesneuveld.

Op een koude ochtend in november moest ik bij de commandant van de legerplaats komen; m'n aanstaande schoonvader was daar ook.

Ik vermoedde problemen, omdat ik wist dat mijn schoonvader mij niet mocht en mij dus zou opzadelen met een gevaarlijke opdracht.

Ook zat de toestand met de mars en de kapotte voeten hem nog danig dwars.

En ja hoor, met nog drie andere collega's moesten wij de knappe prinses ontvoeren, om zo de norse koning te dwingen de oorlog te staken.

Wij kregen een week lang zware training en instructies hoe wij het beste konden handelen in het vijandig gebied. Ook kregen wij nog een spoedcursus in de vreemde taal van het buurland.

En zo gebeurde het, dat wij alle vier, vermomd als ambachtslieden, op een koude, gure en mistige morgen met een bootje de rivier werden overgezet.

Het was een komisch gezicht, zoals we daar onze eerste voeten aan wal zetten. Dat kwam door onze vermommingen. We waren vermomd als een ketellapper, een marskramer, een kwakzalver en een muzikant.

Het was een raar groepje bij elkaar.

Zo'n bij elkaar geraapt zootje zou nooit met z'n vieren in oorlogstijd en in vijandig gebied op stap gaan. Dit zou veel te veel opvallen.

Na grondig overleg besloten we dan ook uit elkaar te gaan.

We hadden afgesproken elkaar na drie dagen te ontmoeten in een hotel vlak bij het paleis van de koning.

We hadden ieder een gedetailleerde landkaart en zo werden er vier routes uitgestippeld naar het betreffende dorp.

Ik was vermomd als ketellapper en door loting werd bepaald dat ik de tweede route zou nemen. Dit was de langste route, maar liep door een paar dorpen zodat ik met eten en slapen geen problemen verwachtte.

De arme marskramer had de zwaarste route geloot, hij moest de ganse weg door open terrein zonder beschutting. Hij kon nergens eten of een geschikte slaapplaats vinden.

We besloten hem al onze proviand mee te geven. Gretig stopte hij dat in zijn marskramerkastjes die hij normaliter met leren banden om zijn nek had hangen.

De knopen, klosjes garen, spelden en band – de normale bagage van een marskramer – gooide hij weg.

We namen uitgebreid afscheid en gingen op weg. Vreemd vonden wij het dat we na vijf kilometer nog steeds achter elkaar liepen.

Na een grondige bestudering van de landkaart bleek dat de kruising, waar de wegen ons zouden scheiden nog zo'n drie kilometer verderop was. Dus gingen wij vrolijk verder.

Na drie kilometer namen wij nogmaals afscheid.

Ik sloeg op de kruising linksaf en vervolgde enigszins opgelucht mijn weg.

Het dichtstbijzijnde dorp was zo'n zes kilometer verder en ik besloot daar te overnachten. Het pad was goed, vlak en droog en doordat ik goed getraind was, schoot ik lekker op.

Soms kwam ik mensen tegen en groette hen dan vriendelijk in hun eigen taal. „Hei, hei," klonk het dan als ze terug groetten.

Ik at de appel die ik niet aan de marskramer had gegeven tijdens het lopen op. Daarna ondergingen de chocoladereep, de kippenbouten en een zak pinda's eenzelfde lot.

Het was nog licht toen ik het dorp binnenwandelde.

Het was uitgestorven en ik besloot op het marktplein bij de waterput te rusten, want als ketellapper had ik ook de nodige kisten en tassen met materialen en gereedschappen om mijn nek hangen.

Ik gespte al mijn bagage af en ging op de rand van de waterput zitten. Ik tuurde in het duister naar beneden en riep zachtjes: „Hallo!" De put antwoordde met een hard „Hallooo!! Hallooo!! Hallooo!!" Ik schrok me rot en kreeg het warm.

Zoiets kon je verraden. ‚Hallo' was in mijn landstaal, hier zei men ‚Hei'.

Ik keek om mij heen; er was niemand. Geen mens had het gehoord. Ik zakte weg in gepeins en gooide kleine steentjes in de put. Zo probeerde ik de diepte te schatten. Ik kwam op 26 meter.

„Hei ketellapper," klonk het vrolijk. „Ben je zo moe? We hebben werk voor je."

„Onze dorpsketellapper is naar het front en we hebben panne met de pannen, hahaha," lachte de vrolijkerd.

Verbaasd keek ik om. De grappenmaker kwam op mij toe gelopen en sprak: „Morgen is het grote, jaarlijkse Verbroederingsfeest. Maar het wordt afgelast, omdat de grote soepketel lek is."

„O," sprak ik verbaasd en ik voelde al aankomen wat er moest gebeuren. Gelukkig had ik vlak voor ons vertrek een uitgebreide cursus ketellappen gekregen van ons leger.

Ik zou natuurlijk door de mand gevallen zijn als zou blijken dat ik niet kon ketellappen.

„Een verbroederingsfeest?" stamelde ik enigszins van de schrik bekomen. Ik wilde tijd rekken.

„Ja," sprak de lolbroek. „Het stamt nog uit de middeleeuwen. Er was toen een hevige hongersnood, het had al twee jaar niet geregend. Twee oogsten waren totaal verloren gegaan. Iedereen was ziek van de honger en begon van elkaar te stelen. Behalve een paar rijke families; die hadden geen honger, die lieten eten uit het buitenland komen. Men mocht ze niet in het dorp. Het schaarse eten werd geroofd en tussen de dorpelingen ontstonden er hevige ruzies in het voorheen zo vredige plaatsje.

Maar de rijke families kregen meelij en maakten gezamenlijk iedere dag een grote ketel groentesoep voor het ‚arme volk'. Eerst werd er nog geklaagd. Het was te zout, of er zat te weinig peper in, dan weer te weinig vermicelli, of teveel knoflook en sommigen hadden liever tomatensoep. Maar na een paar dagen was er een heerlijk soepie ontstaan waar het hele dorp en omgeving van smulden. Na twee weken soep begon het te regenen. Iedereen danste van vreugde in het rond. Het regende zeven dagen lang en al spoedig stonden de gewassen weer volop te groeien op de velden. De ellende was voorbij, iedereen had het overleefd, men was alleen wat magerder geworden. Er was vreugde alom. Sindsdien maakt men ieder jaar een grote ketel groentesoep exact volgens het oude recept. Ieder gezin maakt een pannetje, zoveel deciliter per persoon. Het recept moet nauwkeurig worden aangehouden. Ooit had een oud vrouwtje andere kruiden gebruikt. Men had het geproefd en er volgde een onderzoek. Uiteindelijk had het vrouwtje zich aangegeven:

Ze had nog wat kruiden in huis en had geen zin om boodschappen te doen, sprak ze later ter verdediging. Zij werd voor twee jaar van het Verbroederingsfeest uitgesloten. Op de dag van het feest lopen alle dorpelingen met hun pannetjes naar het dorpsplein. Het is een hele optocht. Iedereen gooit zijn pannetje leeg in de grote ketel. Het vuur wordt opgestookt en even later hangt er een heerlijke soeplucht over het marktplein. Dan kan het Verbroederingsfeest beginnen. Op het plein staan lange rijen houten tafels met banken opgesteld. Op de tafels liggen houten lepels en lege nappen, die weldra gevuld zijn met een heerlijke, stevige groentesoep. Als iedereen aanwezig is, spreekt de burgemeester zijn dank uit en wenst dat niemand in zijn dorp en omgeving ooit honger of dorst zal hebben. Dat ,dorst' is de laatste jaren aan de toespraak toegevoegd en heeft niets met de ramp in de middeleeuwen te maken, omdat de waterput net voldoende water kon leveren. Tijdens de laatste woorden van de burgemeester wordt een zacht geslurp hoorbaar, maar na enige seconden begint het echte geslurp, een geslurp dat van ver te horen is, er wordt niet gesproken. Na de soep komen bier en wijn op tafel. Dat gaat zo de hele nacht door."

Er viel een korte stilte.

„En nu is jullie ketel lek," zei ik: „Laat maar eens zien, die is zo gemaakt," sprak ik overmoedig. Ik wist, dat de aanval de beste verdediging was.

De lolbroek schudde zijn hoofd en zei: „Volg me maar."

Samen liepen we het marktplein over en in een loods aan de overkant hing de grote koperen ketel aan een ketting aan het plafond.

Ik schrok, toen ik de ketel zag. Met tientallen gaten leek het wel een vergiet. „Een militair heeft zijn geweer op de ketel leeggeschoten. Hij moest de volgende dag naar het front en had een feestje. Men heeft hem deze wandaad vergeven."

De hele nacht was ik bezig met kloppen, knippen en solderen van plaatjes koper over de gaten.

Tegen de ochtend – het werd al licht – had ik het laatste plaatje over het laatste gat gemaakt, mijn koffer met materialen was bijna leeg.

Ik was bekaf toen de lolbroek de ketel met water vulde. Hij lekte niet. Hij ging het de dorpelingen vertellen.

In een hoek van de schuur viel ik in een diepe slaap.

Joris haalde diep adem, het verhaal en de herinneringen lieten hem kennelijk niet onberoerd.

Wat hij vertelde vond ik best spannend en de moeite waard en ijverig maakte ik notities. Ik bestelde nog twee koffie want Joris kreeg een droge keel.

„Hoe ging het verder?" vroeg ik ongeduldig want ik voelde dat het een lange zit met veel koffie zou worden.

Joris vervolgde:

„Het werd een groot feest, alleen heb ik er niet veel van meegemaakt. Ik werd de volgende dag wakker en lag languit op een lege mestkar met twee paarden ervoor, mijn bagage had men netjes in een hoek van de laadbak neergezet.

Kennelijk was ik door de uitzinnige dorpelingen gehuldigd want ik had bloemenslingers om mijn nek.

Ik wist het niet meer, maar aan de stekende hoofdpijn te voelen, moest het erg gezellig zijn geweest. Ik keek over de rand van de mestkar en zag dat de laatste dorpelingen nog niet waren uitgefeest. De burgemeester stond met zijn gevolg aan de andere kant van de wagen. Zijn haar was nat van het bier en zijn deftige pak was gescheurd, zijn ambtsketen hing op zijn rug. Zijn gevolg zag er uitgeblust uit. Hij sprak nog wat ten afscheid, gaf de koetsier wat instructies die niemand begreep en even later zette de kar zich in beweging. Men had besloten, als dank, mij in het volgende dorp af te zetten. „Dat scheelt zeker negen kilometer lopen," dacht ik en keek naar de bomen die in het ritme van de paardenhoeven voorbij trokken. In de verte hoorde ik nog de flarden van het feestgedruis dat na iedere stap minder werd en langzaam werd overgenomen door het getsjirp van de krekels. Het werd stil, ik viel in slaap. Ik zal toch wel zo'n drie uur hebben geslapen toen ik bruut werd wakker gemaakt. De koetsier porde mij hard met de achterkant van zijn zweep in mijn zij. „Hei, wakker worden. Eruit!! Ik moet nog terug en het wordt noodweer." De koetsier, die kennelijk nog niet was bijgekomen van het feest, smeet mijn bagage van de kar. Moeizaam klom ik naar beneden. De kar vertrok weer. Een paar dorpelingen, die kennelijk al van de soepketel hadden gehoord, ontfermden zich over mij. Ik kreeg de mooiste kamer in de plaatselijke herberg. Er werd goed voor mij gezorgd. 's Avonds was er ter ere van mij een feest dat gelukkig halverwege werd afgelast vanwege het noodweer. De dakpannen vlogen van het dak en iedereen moest naar huis om te redden wat er te redden viel. Hevig noodweer trok over het dorp, de straten waren één modderpoel. De bliksemschichten schoten langs de hemel. De hemel kleurde oranje, de kerk stond in brand.

Ik ging naar de herberg en voordat ik in slaap viel dacht ik nog aan mijn maten die waarschijnlijk niet zo lekker als ik lagen. De volgende morgen stond ik vroeg op, de zon scheen. De ravage in het dorp was groot. Iedereen was aan het werk, men sjouwde met balken en dakpannen heen en weer. Ontwortelde bomen werden met paarden weggesleept en overal hoorde je hakken en zagen. De kerk smeulde en de brandweer bluste nog na. Hoefgetrappel achter mij kwam snel naderbij. Het was de boevenwagen die mij voorbij ging. Achter het getraliede venster zat een bekende, het was de marskramer, hij keek zielig door de tralies en aan zijn blik zag ik dat hij mij herkende. De wagen remde af, grote bomen versperden de weg en de wagen stopte. Nog honderd meter dan kon ik een praatje maken. „Hei, hei," zeiden wij op gedempte toon. „Wat is er met jou gebeurd?" vroeg ik. „Het was noodweer, ik kon nergens schuilen, het was koud, m'n proviand was op. Ik geloof nooit, dat jullie alles hebben gegeven zo-als beloofd. De politie kwam eraan, ik kon mij nergens verstoppen. Ik zei, dat ik marskramer was, maar dat geloofde men niet omdat ik geen ventvergunning had en de meeste laatjes van de kasten die ik om mijn nek meezeulde, leeg waren. Ik moest mee op verdenking van landloperij."

Hoofdstuk 15

HET PRINSESJE

Joris vervolgde zijn verhaal: „De boevenwagen zette zich weer in beweging. „Over twee dagen op de afgesproken plaats," kon ik nog net zeggen. Hij stak zijn hand op als teken dat hij het begreep en langzaam verdween hij uit het zicht. Ik had van tevoren een route uitgestippeld naar het hotel, waar we afgesproken hadden. Het hotel lag vlak bij het paleis van de koning en werd beheerd door Amadeus die voor onze inlichtingendienst spioneerde. Hij had een heel netwerk van spionnen opgezet. Ik zou me bij aankomst bij hem melden. De route liep door een groot bos, dat onveilig gemaakt werd door Manke Peer met zijn bende struikrovers. Hij was vroeger korporaal in dienst van de koning en raakte tijdens de oorlogs- handelingen gewond aan beide armen. Dat manke had hij al eerder opgelopen. Hij moest de dienst verlaten en uit onvrede over dit feit en de financiële afhandeling daarvan besloot hij te gaan struikroven. In het begin maakte hij de reizigers die door het bos trokken alleen maar bang, die gaven dan grif hun waardevolle spullen af. Later werd hij veel brutaler en schuwde hij het geweld niet. De politie was naarstig op zoek naar hem en zijn bende, maar tot op heden wisten zij de dans te ontspring- gen. De maan verlichte het pad en ik schoot lekker op. Ik had het hoofdpad vermeden en gekozen voor de smallere paadjes, dit om Manke Peer te ontlopen. Aan het einde van de tweede dag – de zon stond op de laatste trede en het werd al schemerig – naderde ik het hotel. Plotseling hoorde ik geweerschoten; ze kwamen van ver, er werd over en weer geschoten, een hevig vuurgevecht. „Het is de politie, ze zitten achter Manke Peer aan," zei een stem in het duister. Ik schrok. „Niet schrikken," zei de stem weer, ik ben Amadeus en sta je hier op te wachten." „Hoe wist je dat ik in aantocht was" vroeg ik verbaasd. „Mijn mensen informeerden mij over je komst. Men vertelde ook, dat de politie een marskramer zou gebruiken om Manke Peer te arresteren en zo te horen zijn ze daar nu mee bezig". Plotseling hield het schieten op. „Ze hebben hem," sprak Amadeus: „Kom, dan gaan we het hotel in. We nemen de achteringang, want ik wil niet dat de gasten je zien. Ik heb de hele tweede etage voor jullie vrij gehouden". Het was een mooi hotel, het vroegere jachtslot van de vorige koning. Hij vond deze plek zo mooi, dat hij later zijn paleis hier heeft laten bouwen. Toen werd het jachtslot overbodig en ging het in de verkoop. De kamer was heel mooi, maar ik had er weinig oog voor, ik was te moe, wilde wat eten en dan naar bed. Ik kon de slaap niet vatten en lag te woelen in bed. Ik besloot op te staan en de tweede etage te verkennen. Het was al donker buiten, maar de gangen werden spaarzaam verlicht door olielampen. Voor de bibliotheek bleef ik staan en ging naar binnen. Een bediende was bezig met de open haard en vroeg of ik koffie wilde. Ik liep langs de boekenkasten met honderden boeken. Eén boek trok mijn aandacht, een mooi in leer gebonden exemplaar. „Ons Koningshuis – Een kritische blik" stond er in vergulde letters op. Ik ging in de grote fauteuil bij de open haard zitten, de koffie werd gebracht. Ik bladerde door het boek en las over koning Norbert V die bekend stond als erg chagrijnig en nors, maar zijn voorgangers waren dat ook. Het was een familiekwaal, het zat in de genen. De vreugde in het land was dan ook zeer groot, toen bekend werd dat er een prinsesje geboren was.

Eindelijk verlost van deze chagrijn, al duurde het nog jaren voordat de prinses op de troon zou komen. Maar er was weer hoop. Een goed vooruitzicht. De feesten waren uitbundig en duurden drie dagen. Die werden ieder jaar op de verjaardag van de prinses herhaald. De prinses groeide voorspoedig op en op jeugdige leeftijd kreeg zij al lessen over het besturen van het land. Maar toen zij een jaar of zeventien werd, viel het op dat er veel mannen in haar omgeving stierven aan hartproblemen. Er werd een groot onderzoek ingesteld en diverse professoren uit het land werden op het paleis ontboden voor raad. Na vele testen en onderling overleg was men er uit. Men had de oorzaak gevonden. Het was de schoonheid van de prinses.

Ze was zo mooi, dat één streepje mooier op de schaal van schoonheid haar zou doen veranderen van materie. Mooier kon dus niet. De mannen die haar langer dan tien seconden aankeken kregen verhoogde bloeddruk, hartritmestoornissen en – vibraties en stortten vervolgens dood neer. De prinses werd erg eenzaam: niemand durfde meer contact met haar te hebben. Ze zocht naarstig naar middelen om dit probleem op te lossen. In het land was een zeer besmettelijke ziekte uitgebroken. Deze ziekte ging gepaard met grote, etterende bulten die na genezing diepe littekens achterlieten. De prinses stuurde iedere avond een tiental lakeien de deur uit, die moesten onder de bevolking naar onderdanen met deze ziekte zoeken. De lakeien waren uitgerust met kleine glazen flesjes en moesten de adem van de zieke personen hierin opslaan. De potjes werden dan in de slaapkamer van de prinses geopend. Ze hoopte dat ze spoedig de bulten in haar gezicht zou krijgen. Maar er gebeurde niets. In de regering werd stevig gediscussieerd over hoe het probleem aan te pakken. Een minister zei dat niets doen het beste was en dat de tijd het probleem vanzelf zou oplossen. Een andere minister vond dat te lang duren en stelde voor om met behulp van operaties de oren en neus scheef te zetten. Dit leidde tot hevige protesten en bijna tot een kabinetscrisis. De prinses moest als ze het paleis verliet lakeien vooruit sturen die moesten dan luid roepen: „De prinses komt eraan! De prinses komt eraan!" De mensen konden dan hun blik tijdig afwenden. Het verhaal gaat dat een Amerikaanse toerist niet begreep wat er geroepen werd en terwijl iedereen zijn of haar gezicht afwendde, bleef hij gewoon naar de prinses kijken. Om alles goed te zien was hij net zijn centimeter dikke brillenglazen aan het poetsen. Dat was zijn geluk want nu zag hij alleen een wazige glimp van de prinses. Hij moest wel naar het ziekenhuis en na behandeling mocht hij na vier weken weer naar huis. Eindelijk hadden de ministers overeenstemming bereikt en als zo vaak werd voor de goedkoopste oplossing gekozen. De prinses moest als zij uitging een papieren zak over haar hoofd doen. In die zak waren drie gaten voor neus en ogen gemaakt. De prinses was dolgelukkig met deze oplossing, nu kom ze eindelijk weer met iedereen een normaal contact hebben. Op een mooie, zomerse ochtend in juli besloot ze met een paar vriendinnen te gaan paardrijden. Ze gaf de stalmeester opdracht haar paard te zadelen en direct na het ontbijt vertrok ze. Ze had de zak al opgezet en ging op weg naar de afgesproken plaats waar ze haar vriendinnen zou ontmoeten. Daarna reden ze lange tijd door de bossen en langs de velden en ze genoten van de mooie dag. Ze reden in galop door het bos toen het paard van de prinses hevig schrok van een overstekende eekhoorn. Hij sloeg op hol en raasde met grote vaart door het bos. Het paard zag de overhangende tak en bukte nog enigszins, maar de prinses zag niets omdat de zak op haar hoofd gedraaid was. Een krakende klap volgde; ze werd van het paard geslagen en bleef bewusteloos op het bospad liggen. „'Ik ga de dokter halen," riep een van de vriendinnen en reed hard richting paleis. De andere vriendin bleef bij de gewonde prinses.

De dokter kwam met zijn koets aangesneld en onderzocht de prinses. Hij mompelde: „Wat een gezicht, het lijkt wel een pompoen. Als dit maar ooit goed komt. Ze kan nu in ieder geval zonder zak over haar hoofd over straat."

Ze legden de prinses voorzichtig in de koets en reden naar het paleis. „Dat was een heftig verhaal," dacht ik en ik klapte het boek dicht. Ik was benieuwd hoe het prinsesje er nu uit zou zien. Het ongeluk is alweer een tijdje geleden gebeurd.

Ik ging slapen, morgen een spannende dag."

Hoofdstuk 16

DE ONTVOERING

„De volgende morgen ging ik vroeg op pad, de zon stond op de tweede tree en ik haastte mij na het ontbijt naar de plek, waar ik de prinses zou kunnen ontmoeten. Ik had gehoord, dat zij iedere morgen een flinke wandeling rond het paleis maakte en op een kruising vlakbij het paleis wilde ik haar ontmoeten. Ik zat nog geen tien minuten op het bankje bij de kruising of ik zag haar al aankomen. Ze liep in hoog tempo. „Goede morgen," sprak ik: „U bent sportief bezig op dit vroege uur." „Ja," zei ze. „Mijn grootmoeder, ook een sportieve vrouw, zei altijd: ,Ieder rondje weer een pondje.' en ze had gelijk.

Maar wat doet U hier jongeman, op dit vroege uur, als ik vragen mag? De zon staat pas op de derde tree." Ik was overrompeld door deze directe vraag maar ook afgeleid door haar uiterlijk, wat zag ze er uit. Een groot opgezwollen gezicht, een hoofd als een pompoen. „Eh ja, eh, ik kom U ontvoeren," stamelde ik en wachtte gespannen op de reactie. „Ontvoeren? Ontvoeren? Maar dat is geweldig!! Dolletjes daar houd ik van. Pas nog een boek gelezen over een ontvoering en de ontvoerde vrouw werd verliefd op haar ontvoerder. Wat romantisch, enig, eindelijk wat spanning in mijn saaie leven. En gaat U me dan ook nog een beetje slecht behandelen?" Ik antwoordde:

„Nou nee, we hebben een mooie kamer voor U in het hotel. We hebben zelfs wat kleren van U uit het paleis laten komen."

„U gaat zeker een hoop losgeld aan mijn vader vragen?" vroeg ze."

„Nee, we vragen geen losgeld. Wat we vragen is vrede, de oorlog moet gestopt worden. Alle soldaten moeten weer naar huis."

"Maar dat is helemaal geweldig, ik doe mee. Wanneer kunnen we beginnen??" „Nu meteen," zei ik: „We gaan nu naar het hotel."

En zo liepen we gezellig babbelend naar het hotel. In het hotel ging de prinses naar haar kamer om zich om te kleden en ik haalde de brief tevoorschijn die voor de koning was bestemd. Ik zette de datum van vandaag op de brief en sloot hem met lak en zegel die ik voor het vertrek uit mijn land had gekregen. Het was het zegel van de minister van Buitenlandse Zaken. Zo had de brief een grote politieke waarde. Ik liet de brief door een medewerker van Amadeus, die van te voren was geïnstrueerd, naar het paleis brengen. In de brief stond, dat de prinses was ontvoerd en dat de oorlog om vier uur deze middag moest worden beëindigd. Alle soldaten, ook de krijgsgevangenen, moesten naar huis. Als hij gehoor gaf aan deze eis moesten alle kerkklokken om vier uur gaan luiden. De prinses zou dan spoedig worden vrijgelaten. Nu maar afwachten, het werd een spannende middag.

Om vijf voor vier gingen we naar buiten en luisterden gespannen. Alleen het gefluit van enige vogels was hoorbaar. Klokslag vier uur begon de grote klok van het paleis te luiden, even later gevolgd door de kerkklokken in het dorp en de klokken van het klooster. Steeds meer klokken meldden zich, het werd een hels kabaal. Omroepers deden hun werk en lazen de verklaring van de koning aan de dorpe- en stedelingen voor. Het nieuws ging als een lopend vuurtje door het land. De mensen gingen de straat op en feliciteerden elkaar, er werd gedanst en gezongen. Zo ontstond er een groot en spontaan feest. Ook wij feliciteerden elkaar en waren blij en opgelucht dat de ontvoering was geslaagd. Amadeus kwam binnen en zei dat hij allemaal berichten had gekregen van zijn netwerk. Manke Peer was gearresteerd, maar bij de arrestatie was een marskramer, die de politie geholpen had, omgekomen. Ook waren er positieve berichten uit het buurland, Men meldde, dat de troepen zich aan het terugtrekken waren. Dat was goed nieuws, de volgende dag ging ik de prinses naar het paleis terugbrengen."

Hoofdstuk 17

EEN SNIBBIG SLOT

„De volgende morgen liepen de prinses en ik richting paleis. De prinses had plechtig beloofd dat ze niets over de ontvoering en haar ontvoerders zou vertellen. „Jammer," sprak ze, „dat de ontvoering al is afgelopen, ik vond het erg leuk. Misschien later nog een keertje." In het paleis aangekomen ging de prinses direct naar haar vader, die haar omhelsde. „O, mijn lieve pompoentje," sprak hij: „Wat ben ik blij je weer te zien." De prinses vertelde, dat ik haar in het bos had ontmoet. De ontvoerders hadden haar daar vrijgelaten. Ze zat op een boomstam en was de weg kwijt en ze zei dat ik aangeboden had haar naar het paleis te brengen.

De koning bedankte mij en excuseerde zich want hij moest nog belangrijke zaken regelen zo kort na de oorlog. „Ik scheer mij weg," sprak de koning met deftige koninklijke woorden. Ik wist niet wat hij bedoelde, maar toen hij de salon uit liep en een lakei de deur zachtjes achter hem dicht deed, had ik het door. De prinses wilde mij het paleis laten zien. Dus liepen we twee uur lang langs alle kamers en badkamers, alles pracht en praal. We kwamen op de tweede etage bij een groot balkon en gingen naar buiten. Wat een prachtig uitzicht over het meer met aan de overkant de bergen met besneeuwde toppen. Beneden ons een haven met een paar kleine bootjes. Verderop lag een hele grote boot. „Wat een mooie schuit is dat. Van wie is die?" vroeg ik. „Dat is geen schuit Joris, dat is een galei," sprak de prinses op enigszins snibbige toon. Dat is de koninklijke galei. Een veertigspaander. Gebouwd door mijn overgrootvader, Norbert III. De grootte van de galei wordt uitgedrukt in spaanders, dit zijn de roeispanen, twintig aan stuurbord en twintig aan bakboord. Een veertigspaander dus. „Altijd evenveel aan stuurbord dan aan bakboord?" vroeg ik in mijn onschuld. „Ja natuurlijk, anders kunnen we alleen maar rondjes varen." Haar toon werd steeds snibbiger. Ik was verbaasd over haar nautische kennis. Vroeger gingen we vaak op zondag een stukje varen op het meer, maar nu zijn er een achttal vacatures voor benedendekse galeimedewerkers. Die moeten eerst worden vervuld. Op zondag dus gingen we vaak varen. We zaten dan in grote fauteuils op het dek.

Mijn vader gaf het startsein en de trommelaar benedendeks sloeg een ritme, we voeren langzaam de haven uit. Op het meer gekomen, gaf vader het commando „SNELLER!!!" en de trommelaar verhoogde het tempo. Dat ging zo enige keren door, tot we met hoge snelheid over het meer voeren. Dan riep mijn vader ‚STOP!!!" de trommelaar gaf het stopsignaal en alle roeispanen werden diep in het water gestoken. De boot maakte een noodstop. We vlogen dan in onze fauteuils over het dek en hadden de grootste lol. De wisselingen van ritme en de inspanning waren voor veel galeimedewerkers teveel. Die werden dan na aankomst in de haven van boord gedragen en op de behandeltafel van de dokter gelegd. De meesten stierven dan na behandeling. Vandaar het grote aantal vacatures. Ik dacht: „Wat een vreemd stel. De prinses is het contact met de realiteit volkomen kwijt. De klap van de boomtak heeft niet alleen haar gezicht beschadigd. Het is harder aangekomen dan alom werd gedacht. Plotseling wilde ik weg, naar het hotel, naar huis. „Het wordt weer tijd om te

gaan," sprak ik. „Ik moet dringend nog wat zaken regelen."
Ze begeleidde mij naar de grote poort. Onderweg gaf een
lakei haar een briefje, op zilveren schaal aangereikt. Ze
las het en zei: „Goed nieuws, Joris, de vacatures worden
vervuld. Manke Peer en zijn groep komen volgende week
en na een paar dagen zijn ze volleerd en inzetbaar. Dan
kunnen we weer gaan varen".

Ik feliciteerde haar met dit goede nieuws. Ten afscheid
zei ik nog. „Wat een mooi paleis, wat een luxe. U heeft
alles wat uw hartje begeert. Ik ben jaloers op U." „Ik ben
jaloers op jou, Joris," sprak de prinses „Op mij?" vroeg
ik verwonderd.

„Ja op jou. Jij bent zo ongenuanceerd lelijk geboren
en ik heb zoveel moeite moeten doen om ook zover te komen." Ze draaide zich om en liep lachend weg. Haar lach
galmde door de marmeren gang. „De boomtak is hard
aangekomen," dacht ik, toen ik terug liep naar het hotel."

Joris zweeg en keek strak voor zich uit, zijn handen beef-
den. Het verhaal had hem zichtbaar aangegrepen. Ik
kreeg toch wel medelijden met hem en schoof nog een
zilverling over de tafel naar hem toe. Hij zag het niet. Hij
was echt van de kaart.

Ik bestelde nog twee koffie en zei: „Toen je weer terug kwam in je land werd het zeker een groot feest met
huldiging en Joris als middelpunt, de held."

„Helemaal niet," sprak hij, „Toen ik in het hotel terug
kwam stond Amadeus mij op te wachten. Hij had een brief
van het ministerie van Defensie ontvangen die voor mij
was bestemd. In de brief stond, dat ik absoluut met niemand over de actie mocht praten. Het was een geheime,
militaire actie. Toen ik een paar dagen later terug in mijn

land kwam was er dus geen huldiging, geen ontvangst, niets. Ik zag wel een krant in de kiosk op het station. Een grote foto van de minister van Buitenlandse Zaken samen met een lachende Norbert V.

'Vrede Door Grote Diplomatieke Inspanningen' stond onder de foto vermeld."

Joris stond op, pakte de zilverling van de tafel en verdween door de avondmist naar de veerboot.

EINDE

De auteur

Hendrik Roosdorp is geboren in 1950 in Den Haag.
Na de middelbare school volgde hij een
technische opleiding en later elektronica en
digitale techniek. Op 26-jarige leeftijd ging hij
aan de slag op de medische afdeling van een
groot elektronicaconcern waar systemen voor
ziekenhuizen werden geproduceerd. Door zijn
functie verbleef hij veel in het buitenland. Hierdoor
waren er vaak lange reis- en wachttijden op
luchthavens en treinstations. Daar kwam het idee
een boek te schrijven. Dat was makkelijk omdat
hij overal aan zijn verhaal kon denken, zelfs op
vakantie en thuis op de bank.